油城往事

吉振宇　著

时代文艺出版社
SHIDAI WENYI CHUBANSHE

图书在版编目（CIP）数据

油城往事 / 吉振宇著. -- 长春 : 时代文艺出版社，
2024.4
ISBN 978-7-5387-7458-0

Ⅰ.①油…　Ⅱ.①吉…　Ⅲ.①长篇小说－中国－当代
Ⅳ.①I247.5

中国国家版本馆CIP数据核字（2024）第021317号

油城往事
YOUCHENG WANGSHI

吉振宇　著

出 品 人：吴　刚
责任编辑：孟宇婷
装帧设计：朝夕文化
排版设计：朝夕文化

出版发行：时代文艺出版社
地　　址：长春市福祉大路5788号　龙腾国际大厦A座15层 （130118）
电　　话：0431-81629751（总编办）　0431-81629758（发行部）
官方微博：weibo.com/tlapress
开　　本：880mm×1230mm　1/32
字　　数：195千字
印　　张：8.5
印　　刷：武汉鑫佳捷印务有限公司
版　　次：2024年4月第1版
印　　次：2024年4月第1次印刷
定　　价：88.00元

图书如有印装错误　请寄回印厂调换

——题记：献给我美丽的家乡以及我已经逝去了的懵懂的青春

目录

我听到的一个故事

　　文章开始之前，我想先讲一个故事。这个故事发生在 20 世纪 20 年代，一个叫鬼火村的地方。鬼火村就是我儿时居住过的村庄。当我听到这个故事的时候，我感到很惊讶。我很难相信世界上还会有这样的事情：大地主胡斜楞家的佃户郝七宝有三个女儿。最小的女儿彩儿出落得像个天仙，一双水汪汪的大眼睛会说话，会笑，让人着迷让人疼，就是在当时的县城里也很难找到这么漂亮的小姑娘。彩儿十六岁那年，在她的两个姐姐出嫁后，就有许多人提着彩礼上门提亲，郝七宝家穷志短，看到这种情况，就开始挑选对比哪家富有，哪家财势差一些。最后决定收了东家胡斜楞的彩礼，要把女儿许配给胡斜楞的老儿子小富财当老婆。其实彩儿自己早已经喜欢上一个人了，那后生叫柱子，是个十八岁的精壮小子。可柱子家和彩儿家一样贫穷，根本拿不出什么彩礼来。彩儿知道她爹和胡斜楞家定了亲后，死活不依，但也没有办法，整天哭个泪人似的。哪知道小富财一日得了急病，居然一命呜呼了。东家胡斜楞找上门来索要彩礼，郝七宝看着成堆的绸缎和白花花的银圆，扑上去用双手搂抱着不肯放手。胡斜楞冷笑一声说："你不想退还彩礼也可以，但是，必须让彩儿和我的儿子结成夫妻，我要办场'鬼婚礼'。"

"什么？'鬼婚礼'？"郝七宝从绸缎堆和银圆上跳了起来，面色铁青。

"嘿嘿，你别怕。其实很简单，就是在出殡的那天，让彩儿穿着大红色的嫁衣跟在棺木旁，与抬棺木的人并行走，走到坟地就可以了。"胡斜楞虽然在笑，但那笑很麻木。

"那……那以后呢？"郝七宝有些不相信胡斜楞的话。

"下葬结束后，你就把你的女儿领回家，我的彩礼也不要了。你女儿另嫁他人我不会做任何的干涉。"胡斜楞说。

郝七宝看着炕上的彩礼，眼睛里闪出了贪婪的光泽。

可是，在小富财出殡的前夜，彩儿竟莫名其妙地失踪了。

郝七宝带着家人疯了似的四处找寻……

胡斜楞家传出口风，说有人看到彩儿和人私奔了……

当天夜里，胡斜楞就让家奴从郝七宝家搬走了彩礼。

那天早晨，天空阴得厉害，浓厚的乌云在天空中翻来滚去，出殡的队伍刚走出村子，暴雨就从天而降。胡斜楞举着拐杖声嘶力竭地高喊着抬灵柩的汉子们快走，不准有片刻歇息。汉子们踩着泥泞的乡路，艰难地行进着。突然，一道雪亮的闪电划过，紧接着"轰隆"一声巨响，一团火球直扑向村口的人群，在大伙儿还没有明白是怎么一回事情的时候，就看到胡斜楞"嗷"一声惨叫，浑身是火地飞了起来，然后就很实在地摔落在了大红棺材上。他是被雷给击中了。搁咱老百姓的话说，就是让雷给劈了。众人扔下肩头的杠子，四散逃去。"扑通！"棺木重重地砸落在泥水里。

"砰"的一下巨响，棺盖被震起，连同胡斜楞的身体翻落了出去。随即，瓢泼大雨居然停了下来，雷声也消失了。

人们又赶紧跑回去救趴在泥水里的胡斜楞，把他扶起来一瞧，这老东西浑身上下的衣裤被烧得精光，人早咽气了。

大伙儿忙抬了棺盖去盖棺，却发现棺材里躺着两具尸体。

彩儿穿着大红的嫁衣，脸上涂着白色的粉，两侧的脸蛋上画着红标记，直挺挺地躺在小富财的身边。小富财也是一身的新郎打扮……

第二天早上，在村口旁土沙丘上的歪脖子树上，吊死了一个精壮的男子。是柱子。在村民们发现他尸体的时候，看到他赤裸着下身，他的那个东西被人用刀割掉了……树上还刻着字：你不是个男人，还留着这个物件有啥用？

当天深夜，就有人听到离村子不远的庙后坟地里传出女人的哭泣声。有胆子大的村民跑去看，回来都病了好多天。他们都说看到了一个红衣女鬼，头上冒着火光在坟地里来回飘荡……村民就叫这个女鬼'红棺新娘'。做了'红棺新娘'，也就成了'鬼媳妇'了。后来，村民们就自发地按民间的风俗，给彩儿和柱子举办了一场'鬼婚礼'，把他们两个安葬在了一起，还给他们烧了纸钱、纸花轿、纸房子……送葬的那天，还请了和尚来替他们两个超度……

第一章　花裙

2002年的夏天之一

2002 年的夏天，我家买了第一台笔记本电脑。

妻子说："到我了，你去吃夜宵吧。"

妻子最近一段时间突然迷上了网络，她说网上的小说很好看。都午夜了，她还要看，简直是不知疲倦地看。

我只好在电脑前站了起来，看看那刚打了一半的稿子，无奈地走向了饭厅。

这时座机电话响了，那很脆的铃声让我心里有些发怵，我下意识抬头看了看墙壁上的石英钟，又是午夜！好准时！我回头看去，看妻子手中的话筒，心想一定又是她！

果然，妻子说："又是她，又是她！她还是只说了句'喂'就不说话了……她的声音好难听，像公鸭嗓。"

　　我走到妻子身边，伸手接过电话。我对着话筒高喊："你到底是谁?! 你到底想做什么?! 难道真的要逼我去报案吗?"我原想她会放下电话，可是，我却听到了我不想听到却又很想听到的声音："你还记得鬼火村吗? 你还记得'鬼媳妇'吗? 你十一岁那年做了什么? 你十八岁那年又做了什么? 你怎么敢娶'鬼媳妇'呢?"

　　电话断了。我的心里"咯噔"一下，放下话筒，我的手一直在哆嗦。难道那个恐怖的传说是真的?

　　不吃了，也不写字了，睡觉。

　　躺在床上，我瞪着眼睛，一点儿睡意都没有，我想我又要失眠了。

　　黑暗中，我听到了妻子关客厅灯开关的声音。很奇怪，她今天也不再熬夜了。明天是双休日，按常规，我们都会靠到后半夜才会上床。

　　妻子没有开灯，摸索着换上了睡衣，躺到了我的身边。

　　"这个老女人到底是谁? 我们该不该去报案? 她刚才都对你说了些什么? 你今天也有些反常……"妻子用肩膀碰了碰我的后背。我转回身，很爱惜地将她揽到怀里。

　　"别怕，没有什么的。也许是恶作剧，或者是有人打错电话了。先不要报案了，我明天去电信局查一下通话记录。"我打了个哈欠，眼角流出了一些泪水。

　　我是不是真的该回鬼火村看看了?

　　闭上双眼，蒙眬中，我的眼前又浮现出了那个穿青色长袍、披一头白发的瘦高的人的背影，我的身体一阵抽搐，睁开了眼睛。

妻子下意识地抱了我一下，关切地问："怎么了？又做那个梦了？"

"没有，没有什么事情。"我在黑暗中轻轻摇了摇头。

有一段时间了，我经常会做这个梦。确切地说，是在某日午夜第一次接到这个老女人电话后的那个夜晚，我就开始做这个梦了。每次醒来，我都会感到这个梦很熟悉，尤其是那个恐怖的背影。我总是看不清这个人的面孔！

我翻了下身，继续睡去。这夜，我又开始做梦。我梦到自己回到了童年时期，回到了鬼火村。我一个人孤独地站在村道上，阳光很刺眼，我就那样站在那里，好像在等待什么人归来。远方的路好长好长，且雾气弥漫。终于，前方出现了一个朦朦胧胧的细高人影，这人影是青色的，在一步步地朝我走来……我的胸口憋得难受，想喊叫却怎么都喊不出声音来。我好像是在跟自己搏斗，我知道自己是在梦里，我必须让自己醒来。后来我终于醒来了，满脸的汗水，并且身心疲惫。

天已经亮了。妻子并没有睡在我的身旁。我听到厨房里"叮当"的响动，知道她去做早餐了。

午夜电话与这个恐怖的梦，也许在暗示着我什么吗？

出了电信大楼，我很茫然地站在街道上。话单打出来老长。除了一些文化公司和出版社的电话外，其余打进我家座机电话的，大多都是一个号码。这个号码是乡村电话，我询问了电信的营业员，得到的答案和我想的一样——号码来自鬼火村方向。我立即拨通了这个号码，听筒中传来打不通的"嘀嘀"声。

其实家里不差那每月五元钱的来电显示费用，可妻子总是不同意，说不管是谁打来的电话，咱接电话也不用花钱，要来电显示有啥用呢？

我说："好，听你的。咱不用。"

我想我应该回鬼火村了。

"我要回鬼火村看看，带着我刻骨铭心的记忆，你和我一起去吗？"

过去时之一

1978 年，我十一岁。是的，我记得很清楚，我知道自己不是一个活泼可爱的孩子，是那种遇事总喜欢溜边、躲躲闪闪的孩子，其实说白了就是腼腆，或者说是个没见过什么世面的家伙。在大人的眼里，我是个没出息的孩子，因为我的学习成绩也很差。不是我不喜欢读书，我很用功，只是，我有一个最大的毛病，就是喜欢溜号。有时溜号溜得我自己都感到奇怪。刚上课的时候，我肯定是全班最认真的学生，可是，不超过五分钟，我的思绪就会不自觉地飞出课堂，跑进广阔无垠的大平原上去了……

但是，在我十一岁那年，我却成了一个英雄，一个救了一位美人的"英雄"！

其实我当时还不理解什么是真正的"英雄"，只是在生产队场院里看公社来放映的黑白片电影《小兵张嘎》的时候，见张嘎子智斗鬼子，我心里想：张嘎子才是英雄呢。那么我这个英雄是怎样当上的呢？

我的父亲是村里小学的校长。我们村叫七家村，其实很早以前叫鬼火村，新中国成立后，镇政府说"鬼火村"这个名字有封建迷信的嫌疑，再说也怪难听的，就改叫了七家村。最早的鬼火村只有七户人家，其中一家大户是地主。其余六家都是给这家大户打长工的庄户人。许是东北大平原的黑土地土壤肥沃、辽阔无边，后来这里的人口逐渐增多，新中国成立后，村子已经发展到了二百多户人家，在我们这片儿，算是个大村了。对于鬼火村这个名字，以及这个名字的来历，我也是后来听人说的。年龄大一些的人，还喜欢称村子叫鬼火村。我们这村子距离县城十六里，也就是八公里。我的母亲是一个普通的农村妇女，养育了我们兄弟四个。我排行老二。全家人住的是一间小土房，小土房里只有一铺小土炕，家里六口人都挤在小炕上，后来我们一天天地长大，父亲就把土炕对面那片可怜的空地儿又搭了一铺小炕，把我们哥四个都安排到新炕上去住。现在回想起那段日子，再看自己花了几十万买的两居室宽敞明亮的楼房，心里就特别珍惜现在的生活。尤其是乡下亲属来我家里做客，听说我光装潢楼房就花了五万多元钱，就"啧啧"地叹息说："别说你买楼花多少钱了，就是你装潢的钱就够俺家盖一间像样的大瓦房了。"我听后，只是笑笑，没有说什么，他们哪里知道我和妻子每个月都在还银行的贷款，其实我们也不是很富有。

六姐那时是全村公认的美人。

那个时代衡量美女的标准很简单，就是看年画上的大美人，六姐就像年画里走下来的大美人一样，标致着呢。六姐名叫郝云清。村支书郝大志有六个女儿，郝云清是他最小的一个女儿。郝支书总想要一个儿子，但是上天赐予他的都是女儿。郝支书和我的父亲是好朋友，两个朋友在一起闲谈的时候，郝支书常挂在嘴边的一句话就是："兄弟，还是你有'福'啊，我六个丫头片子，你四个顶梁柱啊！"父亲就回答说："你那六大'千斤'可是六朵'金花'呀！"

郝支书虽然喜欢小子，但是他从不轻视自己的六个女儿，对她们疼爱有加。尤其对最漂亮的小女儿郝云清更是喜欢得不得了。在1978年乡村炎热的夏天里，你会看到一个穿着鲜艳夺目的花裙子、皮肤白净、有一双黑黑大眼睛的女孩儿在菜园子里翩翩起舞吗？真的会吗？会的，我看到过，这个女孩儿就是十六岁的郝云清。当时她比我大五岁。所以我叫她六姐。

是的，第一次见到六姐的时候，我记得我是十一岁。

对了，忘记交代一点了，六姐的母亲吴大夫是大队里"赤脚医生"。我小的时候身体很瘦小，多病，总是在深夜里缩着双腿在冰冷的被窝儿里拼了命地咳嗽。父亲在我高烧的时候，就去找吴大夫给我打针。我是很怕打针的，每次打针都是父亲和母亲一起上手把我按得死死的，就向按住一只小小的、很瘦的病猫一样。记得有一次，父亲没在家，我挣脱了母亲的双手，举起小木板凳就向吴大夫砸去，好在吴大夫躲闪得快，没有造成伤害。却把吴大夫给打乐了，说："小子！你等着，我叫你郝大伯去，看他怎么收拾你！"

郝大伯进门就说："你小子还挺有种啊，长大了给我当养老姑爷吧！你大娘要是成了你丈母娘，看你还敢不敢打？"

我羞臊得脸都紫了。那个时候，在我内心深处，娶媳妇是一件很羞耻的事呢。

第二天的中午，父亲从公社开会回来，听母亲描述了我的"壮举"后，就说："这小子长大了真要娶上六丫当媳妇，还是件美事呢。知道吗？六丫从城里读完初中回来了。郝支书到公社找教育助理老古了，想让六丫到咱们小学里代课呢。"

母亲说："她的岁数是不是小了些呢？"

父亲说："六丫聪明着呢，再说，咱们学校里现在正缺老师呢。"

早就听妈妈讲，郝支书的前四个女儿都已经出嫁了，五丫也许了婆家，就等今年秋天进门了。六丫从小就住在城里的外婆家，我从来就没有见过她。一种很强烈的自卑充满了我的心间，我只是一个很傻的乡村野孩子！我只去过城里几次，都是父亲用他那辆破旧的自行车驮我去的，去看在县医院当会计的爷爷。我见过城里和我年龄相仿的孩子，他们都穿着没有补丁的衣服，个个小胖脸白白的，手里都拿着冰棍儿在尽情地品尝……我咽着吐沫想，我只有在过年的时候才会穿没有补丁的衣服，才会吃到甜甜的冰棍儿……（那时家里没有冰箱，母亲就在冬日里用铁茶缸子盛满凉水，放上几粒儿糖精，送到窗外的台子上去冻。这就是我所说的"冰棍儿"。）

六姐也一定和城里的孩子一样，一脸的骄傲！

父亲过来摸摸我脑门儿说："还是挺热，你自己去郝大夫家打一针吧。"

我一下子向后退了好几步，说："不去，就不去！"

父亲的脸色一下子严肃起来。我知道父亲的脾气，接下来我就要挨收拾了，我只好硬着头皮往外跑。

夏日午后的阳光就像一团团看不见的棉被，紧紧地包裹着我，让我透不过气来。我顺着土墙根儿懒散地往前溜达，头脑里满是六姐的模样：像郝大伯一样高高的、壮壮的，脸色黑黑的？像吴大夫一样肤色白白的，脸上有双乌黑的大眼睛？还是胖胖的、矮矮的，像个小冬瓜？想到冬瓜，我独自"扑哧扑哧"笑出了声，假如我们学校来了"冬瓜"当老师，那还不叫人笑死了？

走出胡同口，拐个小弯儿，就到了支书的家门前了。那时候，我们村里都是清一色的土坯房，根本就看不到红砖的影子。看谁家富有，只能进屋看摆设，看看有几个新暖壶，有没有新打制的衣柜什么的。其实每家的伙食都差不多——玉米面和白菜帮子，过年的时候才会吃上不掺一点儿粗粮的大米饭和酸菜猪肉炖粉条。吴大夫家我和母亲去过几回的，并不陌生。吴大夫爱干净是出了名的，家里总是收拾得干干净净、规规矩矩。能到吴大夫家串门儿的村民很少，也只有妈妈和生产队长的老婆张婶及学校里教导主任的老婆李婶是常客。其他人要找吴大夫，大多都是去队里的

卫生所。因为这事儿郝支书没少和吴大夫干架，你说当支书的能
没人找吗？

我站在栅栏门前，尽力瞪圆了眼睛向里瞧。我心中渴望的就
是吴大夫最好不在家，可是又一想，这大中午的她一定会在家的，
谁不回家吃中午饭呢？这时候，我听到身后有响动，回头一瞧，
是村里老光棍子斜愣正赶着自家的毛驴从我身边经过。虽然他戴
了一顶破草帽子，我仍然可以认出他来。斜愣快三十岁了还没有
说上媳妇，和他娘相依为命。他家里穷并不是说不上媳妇的原因，
主要是耽误到他那双歪斜不正的眼睛上了。从他出娘胎，看谁都
没有正眼瞧过，不是他不想，而是在他看你的时候，给你的感觉
却像是他在深情地向上注视着蔚蓝色的天空一样，同时翻着白眼
球子，怪吓人的。斜愣眼是遗传的，听老人讲，斜愣的老爸就是
斜愣眼。

斜愣好像没有看到我，径直向前走着。

我知道假如斜愣真的看到我，会很讨好地跟我打招呼的。平
时他会点儿木匠活手艺，我父亲就让他给学校修修课桌、钉钉小
板凳什么的，不时地给他一些好处，其实也算是周济一下他们娘
俩儿。斜愣心存感激，每每见到我家的人，远远地就会问好和打
招呼。我家里有什么脏活、累活，基本上都让他给包了。每次干
完活，母亲都会在他酒足饭饱后，再用小盆给他娘带回去一份吃
喝。斜愣就一路小跑地往家奔，样子极像个孩子。斜愣孝顺是出

了名的，有几次，他为了往家里带吃的，弄得我们兄弟几个都没有吃到好东西。

斜楞的爸爸在哪里？有一次我问父亲，父亲说跑了。为啥要跑呢？我又问。父亲摆摆手说问这干吗？边去！其实我是想问，斜楞的老爸也是斜楞，为什么会娶到那么漂亮的媳妇？斜楞的娘曾经是我们这一带闻名的美人。

我转回头，不想再琢磨斜楞的事了，还是好好考虑一下怎样躲过自己屁股上的这一针吧。突然我听到"啊"的一声，是女孩儿惊恐的叫声。我猛地向斜楞走去的方向看，我看到了，就如一只美丽的花蝴蝶向我飞来，让我的眼前一亮。在那个年代，在村里很少或者说根本就看不到女孩儿穿漂亮的花裙子，可是我看到了，她好像比我高半头的样子，细细的腰身，彩色的花裙边在飘荡，两条白白的小腿在飞奔。这个瞬间，给了我一辈子挥之不去的印象。同时，我看到远处的斜楞，使劲拉着毛驴在奔跑。

这时，郝支书和吴大夫一起从屋子里跑了出来，拦住了"蝴蝶"女孩儿，紧着问怎么了怎么了……女孩儿说，有一个瞎子在看我！郝支书和吴大夫就笑了，说一定是斜楞。

我说是斜楞，他刚牵着毛驴在这里过去的。吴大夫说："雨歌快进来，是不是来打针的？对了，这是你六姐。"

我不情愿地进了屋，可是我死活不脱裤子，原因是六姐在旁边笑呢。我心里想，还笑我呢，你连斜楞都怕，你胆子才小呢。我就不怕斜楞！后来还是吴大夫把六姐撵出了屋子，我才露出了屁股。

"这小子原来是怕羞啊！"郝支书说。

那天是六姐回家的第一天，她只是想出来转转，看看村子，她也是一个孩子。

除她自家人外，六姐回到村子后，第一个见到斜楞，第二个见到的是我。有谁会知道，就是我们两个人，对她今后的生活，或者说是她的一生，有着深深的影响。

自那天起，我打针的时候，就没有再被爸爸妈妈按过。

第二章　阴影

　　我一瘸一拐地从六姐家里走出来，屁股痛得很厉害。六姐追出来说你咋变成瘸子了呢？我狠狠地瞪了她一眼，索性咬紧牙关奔跑起来，身后立刻传来了银铃般的笑声。我知道自己的脸一定憋得通红。但是这笑声让我感到一种特殊的滋味，真的，那是我有生以来听到的最好听的笑声，二十年过去了，是的，二十年，人生又有几个二十年呢？今天，这声音仍然时常响在我的耳边。

　　我没有直接回家，而是直奔生产队的场院。生产队的大场院既宽敞又平坦，是村里孩子平时玩"战争"游戏的最佳去处。今天是星期天，是大场院最热闹的日子。前天，村里人还聚集在这里"开会"，讨论的对象是十八岁的二癞子，原因是二癞子往村里仅有的一口水井里撒尿。郝支书站在临时搭建的台子上，左手提溜着二癞子的脖领子，右手拿大喇叭高声呼喊："这癞东西品质败坏！性质恶劣！难道他想让我们全村的人都喝他的尿吗？大家说该不该批评？""该！""太该了！""揍他！揍死他！"台下的老少爷们儿呼声此起彼伏。"我们应该怎么处理他？"郝支书又喊。"整死他！"下面有人又喊。接着就有一只鞋飞上了台，却打在了郝支书喇叭上，险些把喇叭打下来。郝支书一脚就把二癞子踹下了台。大伙儿就上去揍二癞子，二癞子虽然十八岁了，但是个子很矮，又很瘦小，他蜷缩着身子哭叫着说："我下次不敢了，我下次不敢了……饶命吧叔叔婶婶……"后来还是我父亲拨开了众人说："这孩子从小就没了娘，他爹又时常跑外不回家，大家就饶了他这一回吧。"于是众人就都停了手脚。但还是有人喊："小崽子！你再敢往井里尿尿，就在半夜把你扔到鬼火坟地去，让你的小鸡鸡消失！给你操办个'鬼婚礼'，给你娶个'鬼媳妇'！"于是，众人就又开始哈哈笑闹。我们一帮傻小子也不明白这话的意思，跟着在人群里瞎起哄。但从那以后，我们就很少去破庙后面的鬼火坟地玩耍了，尤其是夜晚，都怕自己用来撒尿的鸡鸡消失，那可不是好玩的，没了鸡鸡那还咋尿尿呢？还不得憋死？要是娶了'鬼媳妇'那不更惨？然而有的时候，玩久了，玩疯了，就会把什么事情都忘记了，仍然跑到破庙里或者鬼火坟地去"藏猫猫"，等醒悟过来的时候，又会惊出一身的冷汗，玩了命地窜出坟地，独自找到一个背人的地方，快速地脱下裤子看看自己的小鸡鸡是否还在，最后长舒一口气，再下回决心：为了自己的小鸡鸡，为了不娶'鬼媳妇'，坚决不去那个破坟地了，居然还叫什么鬼火坟地！后来，我们把关于鬼火坟地很多事情联系到一起，就更觉得恐怖了。

其实，鬼火坟地老早就没有新坟了，且有很多的老坟都被迁移到村东岗子去了。东岗子有一大片新坟地。从我记事起，村里故去的人，都被埋到东岗子坟地去了。现在想起来，也许是所谓的"风水"问题吧。

总之，鬼火坟地是我们童年生活中的一个可怕的阴影，这个阴影潜伏在我的内心深处好多年，挥之不去。

我父亲在村里说话是很管用的，在乡村里，村民是非常尊重学校的校长的。父亲为人正直，处处讲公道。我们兄弟四个都是很淘气的主儿，可是我们非常惧怕父亲，不是怕挨打，是怕父亲的嘴，父亲很少动手打孩子，而是训斥。有的时候，语言要比任何东西都可怕。现在我依稀记得哥哥对父亲说过的一句话："爸，您别说了，您还是给我两嘴巴吧。"父亲忽然沉默了一下，顺手拾起一个小木棍儿，吓得哥哥一躲。父亲并没有打哥哥，而是"咔嚓"一下将木棍撅断，说："你们四个是一奶同胞的亲兄弟啊，你们为什么总是这样不团结呢？你看一个木棍一撅就断，假如一把棍子呢？我会轻易撅断吗？"

那次挨训是因为我们兄弟之间的争斗。

午后是太阳光最毒的时刻，场院里仍然热闹非凡。每个孩子都是汗流浃背的，大多孩子黑溜溜的后背都爆了白皮，一揭一层白白的嫩皮。哥哥正在指挥着一伙"人马"攻占东南方向的一个山头（柴火垛）。山头为首的是我们班高个子凉子。凉子的"人马"不多，也就四五个，比哥哥的手下要少一半，但是却很顽强，把臭小子们一个个地打下山头。哥哥见我来就高兴了，说："军师到了，快出出主意，怎么才能把山头拿下。"我说："笨，采取包围对策啊。分兵四路，咱们围攻。大哥你带三胖、四胖吸引凉子的注意，我们其他人在后面偷袭啊。"于是按我的策略，我们顺利拿下了山头。

平时，我喜欢读书。在我十岁那年，我就读完了四大古典名著。我特喜欢《三国演义》，我的许多策略都是看这本书学的。

玩累了，大伙儿就坐在围墙下休息、扯淡。话题一下子就扯到了二癞子的身上。凉子说他今天早晨看见二癞子躲在生产队仓库后面偷吃白白的大馒头。说到馒头，大伙儿不约而同地都咽下了一口吐沫。我们心里都清楚，只有过年的时候才可以吃到白白香香的大馒头。

"我不信。"哥哥摇着胖胖的脑袋说。"我也不信。"三胖、四胖也这样说。

"是真的！"凉子有点儿急了，"二癞子还说，只要你往井里尿尿，就会有人给你馒头吃。"

"谁呀？"大家一起都来了精神，眼睛都齐刷刷地看着凉子。凉子两手一摊说："那狗癞子也不说啊。"

"走，咱们找他问问去！"张水、张土哥俩儿一下子就从地上蹦了起来，着急的样子就好像要去吃馒头似的。

"呼啦"一下，大伙儿都起来了。我说："得了吧，你们都想挨揍啊？"大家都站住了，回过头来看我。哥哥说："你有什么好点子吗？"我说："让我想想。"

乡村的夏夜仍然是那么酷热，只有知了在不知疲倦地鸣叫着。六个小人影出现在村口，不时有一两只野狗在他们身边飞奔而过，孩子们就摸起土块打向它们。

我们真正的目标是村口的破庙，破庙是二癞子的家。我们就是想看看二癞子在家吃的是什么，看看他家还有没有馒头。二癞子的老爹是我们村里的豆腐官儿。原来他家住在村里生产队旁的一间小土房里，因为去年雨水大，把小土房给冲垮了。二癞子就和他爹搬到破庙里去住了。破庙里的神像早在几年前就被砸烂了，一些老年人劝他们爷俩儿不要去那里住，可二癞子他爹说我们爷俩儿一对光棍儿怕个鸟啊？简单收拾一下就搬了进去。

为了一个很简单却很有诱惑力的目标——馒头，我们似乎都忘记了破庙后的那个鬼火坟地了。对了，应该还有每个孩子的好奇心在作祟。

"你听，好像有女人在哭！是鬼媳妇在哭！"不知谁说了一嘴。我们在离庙门几步远的地方都停了下来。

以前听老人说过，总能在夜里听到破庙里有女人的哭声，说是闹鬼什么的，是鬼媳妇在哭。那是很久以前的事了。此时此刻，有人把这件事提起来，我们都被吓住了，谁都迈不开步了，都静静地竖起耳朵听，真的！确实有一种声音，很像是一个女人哭的声音，这声音不像从庙里传出来的，好像来自庙的后面，庙的后面，不就是那片荒芜的鬼火坟地吗？这声音很恐怖。

"快跑！鬼媳妇来了！"不知谁又说了一句。我们就都撒丫子往村里跑。等跑到生产队大门前的时候，大伙儿气喘吁吁地停了下来。

"刚才是谁说鬼媳妇来了？是谁说快跑的？"哥哥问道。

"我没说！"

"我也没说。"

"也不是我说的！"

大家都说没有，怪了。我说我们几个成天在一起玩的伙伴，应该能听出来是谁的声音啊。我回忆了一下，就感到头皮发麻了。说有"鬼媳妇来了"和"快跑"的声音确实不是我们六个人的声音呀！

"是鬼媳妇！是鬼媳妇的阴魂在叫！"凉子尖叫道。

"什么？什么是鬼媳妇？"大家的心仿佛都在瞬间哆嗦了一下。听名字就够我们害怕的了。我似乎很久以前就听到过"鬼媳妇"这个词了。是什么时候呢？我使劲想着，然而越想，记忆越是模糊。

"有天俺偷听爸妈夜里唠嗑，他们说我们村最近有鬼媳妇的阴魂出现，都是在深夜破庙后的坟地里……大大的脑袋上亮着鬼火，一身白衣在坟地里游荡、怪叫……招惹上的人会失去自己的小'鸡鸡'的……"凉子的声音怪怪的。

"鬼火坟地？鬼火坟里有鬼媳妇？鬼媳妇烧你的小鸡鸡？"哥哥挠了挠头说。

"回家吧。"我心虚地对哥哥说。不知道为什么，我心里瞬间有种很难过的感觉。哥哥靠在墙上想了想说："胡扯，我怎么就没有听到过这样的事情呢？都是大人吓唬孩子的把戏，我觉得应该是二癞子在吓唬咱们。"

大家都沉默了，原因是那个说话的声音还真不像二癞子沙哑的嗓音呢。

"哎，大家都先别说话！嘘，嘘……"凉子突然挨个儿拍了大家肩膀一下，所有人的注意力就都顺着他手指方向看去，迷蒙的夜色中，我们看到一个黑影正悄悄地向我们这里移动，我们都屏住呼吸看着那黑影。黑影最后停在了水井旁，然后我们就听到"哗哗哗"的流水声。

"是二癞子又在往水井里撒尿了！"我们一起大喊着冲了过去。二癞子"啊"的一声，身体下意识地往前一倾斜，我们就又听到一声"啊"的惨叫和"咕咚"一声落水的声音。

四周房屋的灯都亮起来了，大人们都跑了出来。郝支书和我父亲问明情况后，都直拍大腿，说这二癞子咋这样呢！快打捞救人要紧！

那天夜里，打捞了整整一夜，水性好的几位村民在井里扎了无数次猛子，也没有找到二癞子。天明的时候，大家都绝望了。问我们几个，到底二癞子是不是真的掉进去了。我们异口同声地回答，对此我们是非常肯定的。

从那以后，二癞子就神秘地失踪了。这时候，村里开始传言说是二癞子一定是被'鬼媳妇'给抓去了。原因是那破庙离坟地是那样近，二癞子父子俩又不听村里老人的劝告，非要搬进去住，早晚会招惹上'鬼媳妇'的。至于'鬼媳妇'的来历，谁都不告诉我，孩子的好奇心是无止境的，这件事情折磨了我好些日子。

既然井里淹死了人（虽然没有找到尸体），还被这个人尿了尿，井是不能再用了。郝支书就带领村民用一块大石头封了井口，又在村东头挖了口深井。村民们觉得新井的水比老井的水味道好多了。其实现在想起来，这全是心理作用。

第二天是星期一，我们几个孩子折腾了一夜，还是被大人们赶着去上学。大伙儿在路上都议论鬼媳妇是如何把二癞子吃掉的，是怎样吃得连一根骨头都没有剩下。那二癞子的"小鸡鸡"就更找不到了。总之，我们都在给自己增添恐惧感。算计着自己曾经去过多少次坟地，尤其是在夜里去过的那些玩耍的时间，是否惊动过那可怕的鬼媳妇。但是当我们迷迷糊糊又忐忑不安地走到校园大门前的时候，忽然间眼前一亮，一下子都来了精神。尤其是我，眼睛都有些直了。

我们看到了六姐——新来的美术老师。她仍穿着她那件鲜艳夺目的花裙子，大大的眼睛，皮肤白白嫩嫩的，两个黑黑的小辫儿搭在她那略略鼓起的胸脯上，个子比我高半头的样子，活脱脱的一个城市女孩儿。那个时期，城市女孩儿的形象在我们的眼里就是这个样子的。我们村里的女孩儿没有花裙子，没有白白嫩嫩的皮肤，没有大大的眼睛，没有那样的微笑和那样让人难以忘怀的笑声……

是的，她就那样微笑着站在学校大门前，看着学生一群群地从她的身边经过。她好像一点儿都不介意孩子们惊奇的目光，微笑着注视着大家，她的目光好温暖呀，一下子就把我的那些恐惧吹扫得干干净净。

"你好，小病孩儿！"她居然在和我说话。我呆站了一下。在伙伴们的笑声中，我才反应过来，她在逗我呢。我又狠狠瞪了她一眼，就飞似的跑向了教室。好在今天我们没有美术课。那时我哪会想到，更让我难堪的事还在后面。

那件事还是缘于郝支书的一句玩笑话，其实就是酒话。

突然有一天，我们村四周的大地上冒出了许许多多的水泥方块和铁块组成的怪物。它们有一个大大的铁头和两个黑黑的铁膀子，在四块水泥垛子的支撑下，上下翻滚着，就像一个个虔诚的教徒在不知疲倦地磕头一样。我们管它们叫"磕头机"。父亲解释说这是抽油机，可以把地底下的宝藏给抽上来为人类服务。紧接着我们学校的附近就建起了一溜儿的红砖水泥平房，住进去一帮总是油渍麻花的油田打井人，门口还挂了红漆大牌子，叫什么"石油指挥部"。

第二天，石油指挥部叫欧阳的指导员带着两个人来我家里找我的父亲，操着南方口音说他们在为祖国打井找油，四处奔波，孩子上学就成了问题，能不能让几个油田子女来村里的小学读书？父亲表情严肃，说："来吧，有多少孩子我们都收下，只要你们不嫌弃我们这里就好。"

欧阳指导员激动地握住了我父亲的手连声说"谢谢、谢谢"。

我父亲又说："你们辛苦了，今天就都不要走了，在我家里吃顿饭吧。"

欧阳也不客气，说："行！但是饭菜必须由我点。"然后一使眼色，跟着来的两个人就要走。

父亲急了，说："你看你看，你怎么能让他们两个走呢？"

欧阳说："他们还有事，完事了就马上回来。"父亲这才放了他们两个走。欧阳说:"喜欢喝你们东北的'大高粱酒'啊!还有猪肉炖粉条子,还有本地小鸡啊,对了还有白白的大馒头!"

父亲一听就愣住了。我也知道,家里没有一点儿猪肉,更别说什么粉条了,小鸡倒有几只,但那都是妈妈的宝贝,是下蛋的母鸡啊。尤其是"大高粱酒",可是要四块钱才能买来的酒啊。当时父亲的工资是每月三十六块五角,全家七口人的活命钱。

但是父亲没有再说什么,悄悄把哥哥和我叫到了一边。从口袋里取出仅有的两张五元的钞票说,快去供销社买酒和肉。我心里突然感到酸酸的,我知道这钱是父亲积攒下来给我的太祖母,也就是父亲的奶奶买油茶面用的,当时太祖母已经八十一岁了,和我们家住在一起。老人最喜欢吃的就是油茶面。正当我和哥哥要跑出院子的时候,一辆写着"东方红"三个红色大字的链轨拖拉机发着"突突突突"的声音停在了我家的门前,后面跟着一帮孩子在欢叫。那个年代,乡村的孩子看到拖拉机,不亚于我们现在发现了 UFO 一样。正当我和哥哥发愣的时候,从车上蹦下来两个人,就是刚刚离开我家的那两个石油工人,他们开始往我家里搬东西,有猪肉、粉条、面粉,还有两瓶"大高粱酒"!父亲从屋里奔了出来说:"这可不行,这可不行!我怎么能让你们拿东西呢?"

欧阳指导员一下子把我父亲抱住了,说:"我了解你们的处境,你要是不收,我们的孩子就不往你这里送了。"我忽然发现父亲的眼睛有亮光在闪,那是泪花。在我的内心深处有了一种莫名的震撼。那段日子对我来说,真的是终生难忘。

父亲叫我找郝支书和其他几个生产队干部到家里来陪酒,其中就有凉子的做民兵连长的老爸。席间,我帮着妈妈端菜,郝支书喝得满脸通红，见到我就喊："看到没？这小子就是我的养老姑爷！"大家都哈哈大笑。

欧阳指导员看着我说："你小子还真有两下子呀，居然敢用小板凳打丈母娘啊！"

看来，郝支书把我的"壮举"都跟大家说了。我羞得放下菜就想跑，母亲在旁边打趣地说："老二出生的时候，我和他爸还以为是个丫头呢，没想到还是个小子。"

欧阳就笑着说："这小子长得挺文静的，还真像个丫头！"

我气得摔门就跑了。

那天父亲喝多了，原因是欧阳指导员强烈要求要给学校做一副篮球架子，并负责买篮球，并保证说用的都是边角废料，让我父亲放心，他绝不干违反原则的事儿。为此，父亲高兴坏了，他把身心都放到了学校建设上，有时恨不得把家都搬到学校去。当时，一个乡村小学的操场上要是能有一副篮球架子，简直就是一种梦想。

人世间有许多事情很难说得清楚，真的是一个"缘分"能解释得了的吗？有谁能想到十六年后，欧阳指导员会成为我的顶头上司。我做团委书记，他是党委书记。

第二天一大早，凉子就背着书包来找我上学。我忙胡乱吃了两口玉米饼子，就跑出了家门。凉子说："你媳妇还真美哎！"我说："什么我媳妇？"凉子说："就是郝六姐郝老师啊。"我说："什么啊，瞎说！"凉子说："我爸昨天在你家喝完酒后回家说的，说你是郝支书的养老姑爷，你爸说他四个儿子，把你送给郝支书做养老姑爷了，哈哈哈……"

4

凉子的话让我心里有一种说不出来的滋味，对于"媳妇"这个词，我的记忆是那么朦胧和遥远。在孩子的心中，衡量媳妇的好坏，都是靠美与丑来区分的。话又说回来，那个时代的乡村孩子大多都是比较害羞的，若是有人说谁谁谁是谁谁谁的媳妇，就会让这个孩子感到是受了侮辱，假如女孩儿是个丑丫头，那更是"奇耻大辱"了，简直和"游街"差不多了。想到"游街"这个词，我的记忆突然清晰起来了。当人忘记某些事情却又急于想起它的时候，就是怎么都想不起来。然而在某一个瞬间，记忆便会豁然明朗起来。"游街""鬼媳妇"这两个古怪的词语在我的脑海里跳跃着，旋转着……在我七岁那年，我见到过一回"游街"，给我留下的印象是那样深刻：一群近乎疯狂的人推搡着一个中年女人。女人被反绑着双手，脖子上垂挂着一双破旧的布鞋，目光呆滞地向前挪着步子。她浑身上下都是肮脏的灰土。最突出的是她秀丽、白净的面容，居然一尘不染，真是天生的美人坯子！一个肥胖矮小的女人和一个竹竿般黑瘦的高个女人冲上来，左右开攻，一人给了"游街"女人一个大嘴巴，"游街"女人粉白的脸蛋儿上立即就多了几个红红的、长短不一的手指印子。

"你个低贱货！你个该杀千刀的'破鞋'！早晚让你变成'鬼媳妇'！"那两个女人咧着大嘴巴咒骂着，声音尖厉。我吓得低头不敢再看下去，在那些参差不齐的欢呼声中，我拼命地跑回了家。

"游街"的女人就是斜楞的母亲。我们都有母亲，斜楞也不例外。

身挂破鞋被"游街"的女人就是"鬼媳妇"？还是她会变成"鬼媳妇"呢？再说了，这个"游街"的"鬼媳妇"又是这样好看，她的脑袋也不大，她也没有穿红色的衣服，更没有发出鬼火呀！

"鬼媳妇"应该在半夜的鬼火坟地里出现呀！这些都是怎么一回事情呢？直到走进教室，我仍在琢磨这个问题。那节课，我又溜号了。

七家子小学坐落在村西头的沙丘附近。沙丘约摸有一百多平方米，丘上长满了杂七杂八的各种树木，其中歪脖子榆树较多。这种歪脖子树被老一辈的村民称作"鬼树"，原因是曾经有一年，歪脖子树吊死过三个人，当然都是自杀。吊死过人的歪脖子树被立即砍断处理，是怕这棵树被恶鬼缠绕，继续害人。土丘地表上杂草丛生，时常有野兔出现，早些年还有野狼出没。地下一米深左右，都是金黄色的细沙。村民们取沙用土都来这里挖，所以被称作沙丘。沙丘四面环绕着一圈挺拔高大的白杨树林，白杨树林就如一个个坚强的卫士一样，忠诚地守卫着沙丘。树林紧挨着一条乡间土路，路的另一边就是学校的土制围墙，围墙高一米半左右。上体育课的时候，我们就会翻墙穿过白杨树林跑到沙丘上去玩，玩着玩着就会听到有人不怀好意地喊叫："红衣新娘从棺材里爬出来了，'鬼媳妇'来烧'鸡鸡'了！'鬼媳妇'来烧'鸡鸡'了！"

于是我们就都又拼了命似的往回跑。

在二癞子事件前，我们都喊："吊死鬼来了！吊死鬼来了！"后来，我们把加工后的"鬼媳妇"烧"小鸡鸡"和吃二癞子的恐怖说法宣传到学校里去后，就把"吊死鬼来了"改成了"鬼媳妇来烧'小鸡鸡'了"。

看来，"鬼媳妇"要比"吊死鬼"还可怕！其实，土沙丘离坟地还好远呢。孩子就是喜欢自己吓唬自己。

沙丘，白杨树林，也是我们少时的乐园。

下午的第二节课就是美术课。整个上午，凉子都在四处奔走，热衷于我的"花边新闻"的宣传工作，闹得整个校园的学生都知道我是有"媳妇"的人啦。并且这个媳妇还是郝老师！我一直都不能理解他为什么要这样做，这是一个十二岁孩子应该做的事吗？我猜他一定是继承了他母亲——村里有名的长舌妇的"优点"。1997年的冬天，我在一家叫"凉子"的狗肉馆见到了凉子，馆子是他开的。我们又谈起了那件事，凉子下意识地摸了摸脑袋说："你想知道为什么吗？"我说："都是小孩子，哪有那些什么和为什么的。再说，都过去好多年了。"凉子说："我应该告诉你，你知道我当时听到郝老师要做你'媳妇'的时候我是多么伤心吗？多么恨你，多么嫉妒你吗？"我本来想笑，但看着凉子严肃的样子，就没有笑出来。我的目光落在了他头上那条白色的疤痕上，那是我给予他做"宣传工作"的"奖励"。

在同学们不怀好意的嘲笑声中，下午第二节课的摇铃声响了。我一直没有言语，只是低着头，不敢去看任何人。我心里就像压着一块很大很大的石头一样，透不过气来。六姐，不，郝老师走进来了，就如一朵鲜艳的彩云飘进了教室。

是的，我们穿惯了蓝色的土布衣裤，看惯了单调的颜色，六姐的出现，就好像在一大片灰色的叶子中，突然绽放了一朵（当然是唯一的一朵）鲜艳的花一样，是那样动人、可爱！

我的眼睛瞪得圆圆的，什么烦恼都忘记了，定了神儿似的看着她。

"同学们，我是你们新来的美术老师，是临时代课的。我也不比你们大几岁，喜欢的话，你们可以叫我姐姐。叫六姐最好，因为我在家排行老六呀，呵呵……"

于是，同学们都在她银铃般动听的声音中笑出了声。

"我呀，我一直在城里读书。可是我出生在这里，这里是我的家乡。我喜欢画画，也学过一些绘画知识，我要教大家一起来画画，画咱们美丽的家乡，好不好？"

"好！"同学们都兴奋地叫起来。

六姐拿起彩色粉笔，在黑板上轻柔地描画着。不一会儿，一幅美丽的图画呈现在我们眼前：近处，是高楼大厦和漂亮的民房；远方，一轮红日在白杨树林间冉冉升起，白杨树林的后面是一座秀美的山川，山川下小溪流淌，有愉快的鸟儿在溪水上欢歌……

"有谁知道我画的是什么地方吗？"六姐微笑着提问。

"是学校后面的土沙丘，可是，土沙丘那里没有大楼和房子呀！"凉子第一个举手回答。

"不对，沙丘旁不但没有楼房，还没有小溪呢！"我很认真地纠正了凉子的回答，"我们屯子东头只有个大水泡子。"

"嗯，雨歌观察得很仔细。但是我画的确实是咱们的土沙丘，只是我把它变成高楼大厦了。有谁不希望自己的家乡美丽如画呢？如果想要让生你养你的家乡更加美丽和富足，让大家都住上高楼大厦，我们应该怎么做呢？"六姐仍然用她那甜美的微笑对着大家。

同学们都沉默了。

"我知道！"我第二次举起了手。

"你说。"六姐温和地看着我。

"现在好好学习，长大了用所学到的知识来建设家乡，让每个人天天都能吃上白白的大馒头，住上高楼大厦！"

同学们都笑开了。

六姐笑得最甜，她走到我的课桌前，用手轻巧地拍了拍我的脸。立时，一种异样的感觉从六姐拍过的脸颊上迅速地传遍了我的全身，我呆了一下，才坐在了木凳上。同时，我感觉出来，有一双充满无奈和嫉恨的目光正死死地盯着我，那就是凉子的小眼睛！

我是在一种说不出来的感觉中度过这节美术课的。说也奇怪，我居然没有溜号，眼睛一直盯着六姐，听着她讲每一句话，看她做每个动作。在以后的其他课程里，我没有再溜号过，是六姐治好了我这个毛病。

晚饭后，我们兄弟几个照例奔出了家门，直奔场院。

凉子早就带一伙人等在那里，看到我们跑过来，就冲我们喊道：

小破孩，有媳妇！

有媳妇，是老师。

老师大，大五岁！

大五岁，真有福！

女大五，赛老母！

……

　　我被突如其来的呼喊声气疯了，尤其是一想到白天凉子在学校里的所作所为，就从地上抄起一根比自己还高的木棒子拼了命地朝凉子扑过去。凉子还在洋洋得意的时候，他的小脑袋就已经顺利地和木棍有了一次非常亲密的零距离接触。木棍断了，他的脑袋"开花"了。"你说我什么都行，就不准你说六姐！"要不是哥哥抱住了我，我想我还会再给他补上几棍子的。

　　家里的大人都赶到了。父亲也不问青红皂白，上来就朝我的屁股踹了一脚，让我来了个"嘴啃泥"。但是我没有哭，骨碌一下爬了起来，恨恨地看着父亲抱着凉子跑向郝支书家。

　　凉子的伤口被缝了六针，休学一个多月，第二学期就降级了。我现在回想起来，真的为这件事感到后悔，心里总有一种隐隐作痛的感觉。

　　晚上我躲在生产队的场院里不敢回家，一个人躺在柴垛上看星星。那天晚上天空特别晴朗，看不到月亮，只有密密麻麻的星星在闪烁。我的脑海里一直回闪着六姐的微笑以及她轻拍我脸颊时那种特殊的感觉。同时我也为自己的小聪明而觉得自豪。那天欧阳指导员在我家喝完酒，临出门时，他拍拍我的头说："小家伙儿，现在要努力学习，长大了好好建设自己的家乡。对了，如果喜欢的话，可以来油田工作哦！把你们这里建设成为一座美丽的油城。"这句话被我深深地印在了心里，没想到却用在了六姐的美术课上，让六姐对我刮目相看。她一定觉得我跟别的孩子比起来不一般！我幸福地想。

不一会儿，哥哥领着三弟找来了。哥哥告诉我，说爸爸刚把凉子的老爸从家里送走，让我赶紧回家，还说爸爸不会再踢你屁股了。

是啊，长这么大，父亲还真是头一次这样对我。

父亲卷着叶子烟，坐在炕沿上。我低着头，站在屋地中央。

"知道自己错了？"

"嗯。"

"错在哪里？"

"我不应该打人。"

"你哥把经过都告诉我了，打人并不是解决问题的最好方法。在遇到你自己解决不了的问题的时候，你可以回家和爸爸说，爸爸会帮你解决的。孩子，你要学会忍耐和思考，一时的冲动会造成不堪设想的后果。"

父亲的这些话对我以后的成长，有着非常深远的影响。

后来我才知道，父亲为了给凉子看伤，把自己戴了多年的手表都卖了。那是母亲娘家唯一值钱的陪送嫁妆。当我每次看到父亲习惯性地抬腕看表却发现手腕上空空的时候，我的心里就有一种针扎的感觉，我暗下决心，等自己长大挣钱后，一定给父亲买一块世界上最好的表！

作为一校之长，父亲每天都穿着带补丁的衣服上下班。

我有个想法，总想问问父亲"鬼媳妇"的来历，但是，每次话到嘴边，都咽了回去。有一次，我终于忍不住了，就张嘴问了这个问题。父亲听后愣了一下，说："你小孩子打听这事情做什么？那不是你小孩子该打听的问题，去好好念你的书，知道吗？"

我很无奈地走开了，我就知道父亲会这样回答我的。问了也是白问。

第三章　罪恶

第二天上学，我真害怕见到六姐。我心里一直在琢磨，六姐知道了我打凉子的事情后会咋想？

在学校的门前，我又见到了六姐，她仍然微笑着站在那里，只是没有再穿裙子。穿的是灰色的裤子和白色的衬衫，衬衫胸口处的口袋上还别了一支钢笔。可她的样子还是那么可爱和稚气，毕竟她只有十六岁呀。我怕她和我说话，可是我的担心是多余的，她连看都没有看我一眼，就让我静静地从她身边走过。这让我心里很不是滋味，甚至心里还有了一丝怨恨她的感觉。

也许是六姐不喜欢打架的学生？打架的学生都是坏孩子？我心里暗下决心，以后决不再打架了，要好好学习，让六姐看看，我是个好孩子。

在之后一个月的时间内，我的学习成绩从倒数后几名，变成了前三名。为此，父亲乐得合不拢嘴，用我的成绩去教育哥哥和弟弟。可是，我还是很不开心。六姐在上课的时候从不看我，也不再提问我了，这让我实在伤心。

时间进入 7 月中旬，一天，我们全班都收到了一份珍贵的礼物：六姐用她那点儿微薄的工资给我们每人买了一支青色的图画铅笔和一本图画本。对于我们这些用普通铅笔在废旧作业本背面瞎抹乱画的乡村孩子来说，这简直就是世界上最珍贵的礼物了。我一直都舍不得用，让哥哥和弟弟们羡慕了好些日子。

其实所说的工资，学校是没有钱发的，只能按上课的时间，生产队里给老师记工分，再折合成很少的一点儿钱发下来。

这时候，我交了一个很好的朋友。她就是欧阳指导员的女儿欧阳小春。我们喜欢叫她春子。春子很瘦小，比我还要矮一些。她脸色白白的，一点儿雀斑都没有，很病态的样子。她就坐在我的前排。上个月刚转来的时候，她不爱说话，也不喜欢举手回答问题。后来有一次他父亲带她来我家里溜达，她才和我熟悉了。熟了之后，她就成了我的"跟屁虫"。在学校里，我去哪儿她去哪儿，只有上厕所不跟我进去，她会在外面等，等我出来再和我一起回到班里。现在已经没有同学敢说我什么"坏话"了，原因是凉子还在家里养伤呢。我和春子单独在一起的时候，她的话比较多，但是每句话我都得细听，她讲的是南方加东北的口音。她告诉我很多的关于她父母带她走南闯北的经历，他们从遥远的四川来这里生活，不知道搬了多少次家。她是我们班里唯一没有穿带补丁衣服的同学。有的衣服是她父亲的工作服改成的，但是都很干净。除此之外，她还是我们学校第二个穿花边裙子的女孩子，第一个当然就是六姐了。不知道为什么，六姐很少穿裙子上课了。

关于"写生"这个词，我是在六姐的嘴里听到的。

先是六姐在课堂上给我们讲有关写生的知识，后来就领着我们去土沙丘写生，教我们怎样用铅笔做比例尺，怎样在图画本上去勾勒轮廓。我们就如鸭子听雷似的任她摆布，其实大家都笨手笨脚的，并没有听懂和画好，气得六姐把我们扔到一边，自己画水彩画。看着她小心翼翼地一点儿一点儿地挤水彩膏，我想那五颜六色的水彩膏一定很贵。于是，我突然冒出一个想法，我召集同学们说，我们应该送郝老师一点儿礼物，就送水彩膏！可是，我去供销社问了一下水彩膏的价格，要两元多呢。可钱从哪里来呢？当同学们掏空了口袋才凑足五角八分钱的时候，我突然感觉自己的想法是多么可笑和幼稚！但是，春子说话了，她说可以弄到钱。我说去偷吗？春子一撇嘴，说你才是小偷呢，大家都跟我来。

我们一大帮孩子就跟着春子跑出了村子，直奔磕头机而去。跑到磕头机附近，春子一摆手让大家停下来，叫我跟着她朝电线竿子下面的配电箱走去，春子熟练地打开配电箱的两个对开的小门，在地上拾起一个小木棍，很谨慎地往出扒拉箱子底部废弃的小条铅丝。一小会儿工夫就弄了一小把。然后春子朝我做了一个鬼脸儿，说这些要是用火烧化了，能卖几角钱。一斤铅块能卖两块多钱呢。不过就是危险点儿，怕电打住人，被电打住会要命的。

我发觉春子就像一个胆大心细的假小子。

在我们去弄第三个磕头机的时候，被两个巡井的采油工发现了。他们把我们狠狠地教育了一番，才放我们走，并且还没收了我们的劳动成果。但是我毫不在意，因为我知道自己已经学会了怎样在配电箱里往外扒拉铅丝了。

也多亏我偷偷去弄铅丝，才救了六姐。

2

夏日的清晨是凉爽和明朗的，在麻雀的欢叫声中，我踏上了去寻找愿望的征程。为了让郝老师注意到我，我才酝酿了这个买水彩膏的计划。本来我想找春子一起去的，但是转念一想，还是自己行动的好，只有这样，才会让六姐对我刮目相看。

穿过熟悉的村道，我径直奔向了白杨树林。经过几天的观察，我发现土沙丘后面的抽油机最多，每个抽油机之间的距离也比别的地方近。根据我的观察，每隔一个多小时，才有两个采油女工巡检一次。这时间对我来说，已经足够了。

我飞快地跑下沙丘，跑向我的第一个目标。

为了这次行动，我做了充分的准备。我虚心地向父亲请教了有关用电方面的知识。我准备了一根干燥的小木棍儿，还在仓房里找到了一个玻璃罐子。

我轻轻地打开配电箱，用木棍小心地往瓶子里扒拉废弃的铅丝，只一小会儿的工夫，我就把配电箱清理干净了。没想到，从第一个配电箱里我就弄出了一小把，可能有二两多。接着，我直奔临近的一个抽油机跑去。

就这样，我一口气跑了十几个抽油机，在太阳升起之前，我就弄了快一瓶子铅丝了，拿在手里沉甸甸的，足有一斤多。我心情是那样愉快，一点儿疲劳的感觉都没有，我迈着轻快的脚步往回走去。

登上了土沙丘，向下望去，我突然被下面的景色给惊呆了：太阳金色的光芒从四周的白杨树枝叶间透射过来，打在细细的黄沙上，一位美丽的少女正在那里对着支架上的画板描绘着，美丽的花边裙子在晨风中轻轻地抖动，她的脚下散散地开着几朵美丽的黄花。蔚蓝色的太空中，有鸟儿在快乐地歌唱……此情此景给我的感觉是那样柔和，那样温暖。我不想去打扰六姐，索性就坐在一棵歪脖子树下歇息，静静地看着，静静地想着。六姐是我人生记忆中不可磨灭的一部分。

或许有美好的事物，就会有邪恶相伴而生。邪恶总是千方百计地去占有和摧毁美好的东西。但是，邪恶能战胜正义吗?

一个黑色的影子正在向六姐逼近!六姐毫无察觉的一瞬间，他扑倒了六姐。我只听到"啊"的一声惊呼，六姐就在我的眼前消失了。我只看见黑影在沙地上疯狂地撕扯着美丽的花裙子，时间一下子停顿了，我傻愣在那里，足足有三秒钟才反应过来：有人要害六姐!我拼命地冲下沙丘，也不知道怎么就到了黑影的跟前，我举起双手用尽全力把玻璃瓶子向那家伙的脑袋砸去，"砰!"的一声，瓶子碎了，黑影滚到一边，我看到黑红色的血液滴落在地。六姐起身一下子抱住了我，脸色惨白，嘴里"呜呜"地发着声音。她被吓坏了。我回头看那黑影，认出来了：是斜楞!斜楞口吐白沫，直挺挺地躺在沙子上，满脸都是血。同时我看到他裤裆下耷拉的一根东西，正在往外流着白色的液体……

六姐的裙子被撕坏了，我感觉她浑身上下都在颤抖。我脱下上衣，包住了六姐的上身，扶起她向家走去。

吴大夫刚刚起床，看到我扶六姐这样子进屋，就疯了一样把女儿给抱住了。我简要地把事情经过告诉了郝大伯，郝大伯直接冲出了屋门。

那个场面对我来说，是那样刻骨铭心：斜楞目光呆滞，他被五花大绑地捆着，由两个精干的民兵架着走在村子里，他的浑身上下仿佛都已经毫无知觉。几乎全村的男女老少都冲出来了，每个人都有权利在斜楞的身上踹上一脚。咒骂声此起彼伏，甚至有人高喊："送到坟地活烧这畜生，割了他那物件，让他变成'鬼丈夫'！"斜楞的哈喇子洒满衣大襟，枯黄的脸庞更加骇人。

难道把男人送到坟地烧死就会变成"鬼丈夫"？那……那女人呢？"鬼媳妇"？！

也不知道为什么，我实在不忍心看下去了，顺着村道旁的胡同，独自默默地走回了家。

父亲怕闹出人命，就在那天上午，组织人把斜楞"押"到了公社。后来听说是县里公安局的吉普车把斜楞给"接"走了。村里人说他妈的斜楞还有理了咋地，居然坐上了县长才能坐的车呢，咋不直接把他变成"鬼丈夫"，这多省心呀。之后，我就很久没有见到斜楞了。听大人说他好像是被判了十多年。村里人知道后，又说：该！几分钟的痛快，十几年的痛苦，不值！当时我并没有明白这句话的含义，现在我想起来，觉得真有道理呢。但是，斜楞带来的并不只有他自己的痛苦，还有被她伤害的六姐和他本来就不光彩的母亲。她们的痛苦我想才是最无辜和最无奈的呢。

有一晚，我做了一个极为恐怖的梦：我梦到斜楞真的被人送到坟地里给点着了，斜楞浑身是火，在坟地里翻滚。最后居然消失了，正在我惊异之时，猛然回头，发现斜楞正站在我的身后，伸出只剩下骨头棒子的手直向我扑来……

半夜里，我被一阵急促的敲门声惊醒了。我的脸上满是汗水。

3

我迷迷糊糊地睁开双眼，四十瓦灯泡微弱的光色下，我看到墙上老挂钟的时间已经快半夜十二点了。

"能不能让雨歌到我家去一趟？"听外屋的声音是郝大伯。

"怎么了？发生了什么事？"父亲问。

"咳！六丫这孩子两眼发直，就是不睡觉，又哭又闹的，嘴里就叨咕雨歌的名字。好像……好像是中邪了……"

"啊？中邪？不会，也许是惊吓过度引起的。好的，你等等。"父亲来到里屋来叫我。

黑夜让我感到恐惧，我深一脚浅一脚地跟在郝大伯的后面。知了和蛐蛐也都歇息了似的，连点儿让我壮胆的声音都没有。因为刚才的那个梦，还有传说中的那个红衣服"鬼媳妇"，我的心提溜到了嗓子眼儿。郝大伯走得很快，我不时地加快步伐。我能听到他气喘的声音，是旱烟害得他的气管不好。

土炕上，吴大夫在后面抱着六姐坐着，六姐头发散乱，双手紧紧抱着双腿，双眼直直的，样子真的很吓人。她一看到我进来，眼睛一下子就活了起来，一把拉住了我的双手，我感到她的手冰凉。她什么也不说，就那样静静地看着我，样子很温顺。

"雨歌来了，你看，雨歌真的来了。孩子，你、你躺一会儿好吗？"吴大夫轻轻地说。

六姐就如什么都没有听见似的，依然怔怔地坐着。

"六姐，老师……你怎么不睡觉呢？"我看着她说。

奇怪了，六姐又仔细看了我片刻，就把身子向后靠了靠，要躺下，吴大夫忙找来被褥让女儿躺下。

六姐躺下了，可双手还是拉着我的手不放。

郝大伯示意我也躺下，我就在六姐的身边躺了下来。我说，姐，该睡觉了。六姐就闭上了眼睛，呼吸均匀地睡去了。但是我的手却无论如何都抽不出来。

"孩子，你就在这儿睡吧，我让你大伯去你家告诉一声……"吴大夫哽咽着说。

我闻到六姐的身上有一种淡淡的香气，这种香气是我从来都没有闻到过的。那天晚上我在这种奇异的香气中睡得很熟，还做了一个美丽的梦，我梦到自己长大了，和六姐一样大，个子一样高，我们手拉着手，快乐地奔跑在广阔无边的原野上……

早晨醒来的时候，我第一眼就看到六姐正坐在我的身边，朝我笑呢，那笑容很特别。我想坐起来，却怎么也坐不起来。原来是六姐还在紧紧地握着我的双手呢。我说："姐，我想起来行吗？"

六姐这才放开我的手，我感觉自己的手都麻了。

早饭是在六姐家吃的。吴大夫做了两大碗面条摆在我和六姐的面前。看着白白的面条，闻着香香的肉酱，我也没客气，就大口大口地吃了起来。六姐看着我吃，只是笑，自己不吃。等我快吃完的时候，她就把她那碗往我手里送，我说："够了够了六姐，你吃呀！"六姐使劲地摇了摇头。我假装生气地说："你要是不吃，我就再也不来看你了！"六姐一下子就端起碗头也不抬地吃了起来。

在以后的一些日子里，我几乎每天都会去郝大伯家看六姐，每次都能吃到吴大夫做的好吃的。六姐再没有去学校教我们画画了。

六姐病了。父亲说是给吓出病的。村里传出来很多谣言，都说六姐是被鬼火坟地红棺材里爬出来的新娘给附体了……

有一天，在我放学路过场院门前的时候，我听到坐在场院大墙根儿下纳鞋底儿的那些婆娘们闲扯说："瞧那丫头那媚样儿，生就是个'红衣新娘'的坯子，我老早就说，早晚得出鬼事情来，你看看，打我的话来了吧？""还有呀，还有呀，那小小的岁数，就去学校当老师，还不是仗着她爹是支书吗？""咱屯子咋这风水呢？真要再出个'鬼媳妇'？""要我说呀，一定是那六丫头被鬼媳妇的阴魂给缠上了……"

我每走出两步，就回头去瞪她们几个婆娘一眼，心说咋不把你们的舌头都烂掉呢！最好让"鬼媳妇"的鬼火烧掉才好呢！看你们还嚼舌头不？一家过日子，十家观望着呢。这是母亲常说的一句话。

六姐怎么会是"鬼媳妇"呢？！到底什么是"鬼媳妇"？我很久都没有弄明白这个问题。

第四章　树下

忽然有一天，吴大夫把六姐送走了，听妈妈说，是去给六姐看病了。我突然感到十分沮丧和伤心，就如自己再也见不到六姐了似的。我心里像针扎一样难受，尤其是我每每早晨走进校园的时候，总会想起六姐站在门口迎接学生时的样子。这让我更加痛恨斜楞！

我用一个铁皮盒子把铅丝装好，架在火堆上把铅丝融化后，卖了二元七角钱。我用这钱买了一盒水彩膏。傍晚时分，我悄悄爬上村口的老槐树，把水彩膏藏在了喜鹊窝里，心想等有一天再见到六姐，我一定当面送给她，叫她高兴。这招儿是我在电影《小兵张嘎》里学到的。等我正要从老槐树上下来的时候，我一下子停了下来，突然感到头皮发麻，原因是我听到了一种似哭似笑的声音从不远处传过来，就是那天晚上我们几个去破庙找二癫子时听到的声音。是"鬼媳妇"来了？！这声音由远而近，最后居然在树下停了下来。"鬼媳妇"真的来抓我了？！可我没有招惹她呀！

我的全身开始发麻，双腿开始哆嗦，手握树干的力气都没有了。我伏在枝干上如瘫痪般颤抖，我的嗓子好干，喊不出话来。

哭声突然停止了，我听到了说话的声音。是一男一女，声音都很低，很难听出是谁的声音。

"你哭什么哭，见了面你就哭。"是男人的声音。

"可是，孩子现在都快三十了，出来后该怎么活呀？"

"这犊子玩意儿自作孽不可活，该！"

"都是你做的孽。"

"我？哼，你怎么就不看着点儿他呢？"

"这孩子孝顺啊，我怎么能想到他会那样呢？"

……

声音更小了，我什么都听不到了。忽然又传来了女人挣扎的声音，但是很快，女人的声音就变成了呻吟和男人"呼哧呼哧"喘息的声音。这呻吟和喘息声让我感到一种莫名的兴奋，将恐惧感吹扫得一干二净。

天色渐渐地暗下来，但是我不害怕了。我知道树下的不是'鬼媳妇'，是人。接着，我听见两个人的脚步声，听声音是往破庙的方向走去了。

我悄悄下了树，一种异样的感觉涌遍了我的全身。这种感觉让我激动不已。我要去破庙看看，看看那个男的到底是谁！女的我知道了，应该是斜楞的妈妈！可是……我又开始迟疑了，斜楞的妈妈被游过街，那两个婆娘咒她做"鬼媳妇"，她如果真的是"鬼媳妇"该怎么办呢？她的头要是变得老大，然后冒鬼火该怎么办呢？她要是用鬼火烧我的"小鸡鸡"又该怎么办呢？我又仔细看了看前面那两个渐渐模糊的黑影，咬了咬牙，稍稍哈下点腰，跟了过去。

我远远地瞄着两个黑黑的人影进了破庙，我顺着墙根躲在了一扇由二癞子老爸以前开凿的破窗户旁，偷偷向里瞧。这一瞧不要紧，吓得我半死，险些没叫出声来。在昏暗的油灯下，我看到了三个人：斜楞的妈妈，一个长着络腮胡子、眼睛有点儿斜楞的男人，另一个竟然是二癞子！他居然没有被淹死？！还是"鬼媳妇"把他给放回来了？

"你还是跟我们走吧。"络腮胡子说。

"我，我不想走。"斜楞妈低声说。

"现在这个样子，你还在村里怎么待？啊？"

"可我就是不想走！"斜楞妈的态度开始坚决了。

"你是不是还想着他呢？！"络腮胡子突然愤怒起来了。

"这你管不着，是我自己愿意的，不管是享福还是遭罪，我自己都认了。"女人的声音明显有些弱了。

"你为了他不惜被游街，可他都为你做了些什么？啊？他为什么不出来说句人话啊？对了，斜楞到底是他的儿子还是我的儿子啊？！"络腮胡子愤怒到了极点。

"你、你不要脸！"女人的眼睛狠狠地瞪着络腮胡子。

"斜楞是被你害的呀！你知道吗？斜楞看到你被游街，被人打，他痛恨全村所有的人。他让二癞子往井里尿尿，他自己去祸害领头让你游街的郝大喇叭的闺女，他那是报复啊，你知道吗你？"

"……"女人突然跪到地上，"哇"的一下哭出了声。

"好了，二癞子，我以后就是你爹了。你跟爹走吧，有我吃的，就饿不着你。她不走，咱们走！"

一高一矮两个男人出了大庙的后门，很快地就消失在茫茫的黑夜中了。

斜楞妈也不哭了，站起来，用手背擦擦脸，拢了拢头发，头也不回地走了出去，甚至连油灯都没有熄灭。

一切都安静下来以后，我才悄悄地溜回了家。我什么都没有和大人说，我也不想说什么，我心里的感觉很难用语言来表达。我隐隐地开始同情起斜楞来了。也不知道斜楞现在怎么样了，我又突然记起有一次斜楞带我去田地里挖野菜，遇到了暴风雨，是斜楞背着我跑回了家。接着我又回忆起他许多的好来，心里就更加难受了。但是一想到六姐那凄惨的笑容，我又不难受了。这么多的事情，对一个十一岁孩子来说，属实超出了我的承受能力。

还有一点我坚信，斜楞妈也不是什么狗屁的"鬼媳妇"！我也不再惧怕什么"鬼媳妇"了，就当"鬼媳妇"不存在。我为自己的胆大而骄傲和自豪，我甚至敢一个人夜里悄悄去破庙附近转转，看看庙里是否有灯光出现，看看能否再见到些让我感到新奇的东西。但我还是不敢靠近破庙后面的鬼火坟地。

2

有一天，学校里发生了一件大事。

第三节课快下课的时候，同学们的目光都被汽车的喇叭声吸引到了窗外。一辆深绿色的吉普车驶进校园。那是我第一次看到吉普车，同学们大多也都是第一次看到。从车上下来一男一女两个人，其中一个人脖子上挂着一架老式的照相机，另一个人手里提溜着一个笔记本。他们都戴着近视镜，一副很有派头和学问的样子。

不一会儿，教导主任就来我们班叫我了，说是县广播电台的记者来采访我了。我吃了一惊，不明白"采访"是什么意思。我有点儿害怕，怕被吉普车带走。斜楞就是被吉普车拉走的，去蹲了监狱！我不由感到心虚，毕竟是我把斜楞的脑袋给"开瓢"了。

我被安排坐在校长室里，巧的是那天正赶上父亲去公社开会，没在学校。

两个记者就坐在我的对面。

男记者说："我姓许，叫许廷，你叫我许叔叔就可以了，我负责给你拍照。"

女记者说："我姓宋，叫宋雅，你叫我宋姨就行。你是个小英雄呀，我们在县公安简报上了解到你的英雄事迹，县委宣传部王部长责令我们要对你重点宣传。来，你先谈一下你当时是怎么想的呀？"

我说："我当时什么都没想啊，上去就给了斜楞一玻璃瓶子。"

"不对吧，那你什么都没有想，为什么要去打坏人呀？"宋姨在启发我。

我说："斜楞要害我的老师，我的老师是好人，好人就不应该被坏人欺负。"

"这就对了嘛，你看你这就是见义勇为呀。只有英雄才会见义勇为的。"宋姨满意地点点头。我说："我不是英雄，我们班每个同学遇到这样的事都会和我一样的。"

"嗯，你还很谦虚呀！"宋姨开始在她的笔记本上飞快地写了起来。

临别的时候，我和两个记者分别照了合影。后来，他们通过别人把照片给我送到了学校里。那是我人生中第一次照相，这成了我少时的一份很珍贵的纪念。

我就这样成了英雄。春子在以后的日子里，就改口叫我英雄哥哥了，这让我感觉特别扭。在读五年级的时候，我的好朋友春子转学了。她是去城里油田单位自己成立的子弟小学去读书了。

走的时候，春子哭了，说咱们以后还会见面吗？

我说会的，一定会的。

2002年的夏天之二

去七家村（鬼火村）的客车票是明天早晨五点的，我特意向单位多请了几天的假。我要在七家村多待上几天。

我从电脑前站了起来，抬头看了看石英钟，时间已临近午夜。我在等待电话的铃声响起。我想告诉她，我明天就会去找她，去看她。

可是，我又等了一个多小时的时间，电话的铃声仍然没有响起。我按照那个号码拨了过去，回答我的只有打不通的"嘀嘀"声。

我放下电话，拿了烟和火机去了后阳台。北方7月的深夜闷热而干燥。风也不是很凉，但站在阳台里总比坐在电脑前打字舒服得多。我点了香烟，向窗外看去。在路灯和霓虹灯的照射下，街道上亮堂堂的，就像黄昏。很多出租车在来回兜着圈子，寻找着乘客。我家楼的对面街道是一排的酒楼，最为火爆的酒楼就属凉子开的大界火锅料理，现在看过去，里面还有好几桌子的客人在吃喝。这小子原来是开烧烤店和狗肉馆子，逐渐发迹了，就开了这家大界火锅料理。但我从不去他的店吃饭，当然，凉子也从不邀请我去。1997年的冬天，他在谦和镇开烧烤店和狗肉馆子的时候，我去看过他一次，他正在门前用手将一只活蹦乱跳的鹌鹑的脑袋生揪下来，然后剥皮除去内脏，十几秒钟的时间，那只可怜的鹌鹑就被放到烤箱里烘烤了。他在做这些程序的时候，嘴里还不停地叨咕着："见怪不怪，你是阳间一道菜。"看着他的操作，听着他的叨咕，我心里很不是滋味。从此我很少去烧烤店吃饭了，更别说吃烤鹌鹑了。不去凉子的饭店，我想也有这方面原因。

凉子是发了，我不知道这小子现在有多少钱。

我的工作不是很忙，从宣传口转成行政工作后，要写的材料少了很多。这也让我有时间写了些小说，最近几年还相继出版了几部长篇小说，不菲的版税让我们一家三口的生活过得很滋润。某天，我对妻子说，用我的稿费把楼房的贷款还上吧。妻子说不着急，慢慢用我们的工资还吧，手里有点儿存款，还是好的。妻子的话，我总是觉得很有道理的。

妻子今天睡得很早，一直没有来打扰我。

我想我也该早点儿去睡了。

明天，回到鬼火村，不对，是七家村，我真的会看到她吗？

2

我醒来的时候，发现妻子并没有睡在我的身边。

我看了看床头的闹钟，是凌晨四点三十分。离发车的时间还有半个小时。

我来到客厅，看到妻子正坐在电脑前，眼睛直直地盯着电脑看。她在看我昨晚打的稿子。

"需要带的东西我都准备好了，你快去洗脸刷牙。"妻子转回头微笑着对我说，"你十一岁以后的事情呢？怎么还不写出来呢？"

我说："那把我的笔记本电脑也一起带着吧。也许我们会在那里住上几天，找时间我会继续写下去。"

妻子看了我一眼，没有说话。

第五章　夜里

过去时之二

送春子走的那天，我第一次直视感受到别离时无奈的忧伤。六姐走的时候，我感觉到难过，那时我还不知道那种难过就是别离的滋味。是的，在我十三岁的时候，春子走了，我忽然懂得很多，也成熟了很多。但是，这个时候，有了六姐的消息。是郝大伯来我家说的。六姐并不是去看病，而是在她城里的外婆家复习了一年，而后考取了临近的松林县的松林师范学校。松林师范属于中等专科学校，要上两年的课程，也就是来年的 6 月份毕业。而且，有可能还会当老师的。

但是，六姐会回来村里小学教书吗？

我每天算计着时间，等待着六姐归来，就算她不在村里的小学教书了，至少她也该回来看看我呀。我坚信六姐不会忘记我的。

我现在的个子要比先前高一个头了。算起来六姐应该十八岁了。

"六姐什么时候会回来？"我问郝大伯。

"怎么了？想媳妇？"郝大伯一直管我叫着姑爷，这一点让我说不清是什么滋味。但是我知道，在大人的眼里，我始终是个孩子。可郝大伯总说，雨歌这小子还真的和六丫有缘，对我们六丫有恩哪。吴大夫却从不开我的玩笑，但是，这三年里，我没少吃她做的好东西。只要她家里改善伙食，也不管我愿不愿意，都要把我拽去吃。村里人说这是丈母娘疼姑爷，弄得我怪不好意思的。

但是，说心里话，我真的想早日见到六姐。

这段时间里，村里再也没有人说什么"鬼媳妇"的事情了，生活很平静。只是有一天，斜楞的老娘突然失踪了。有人说她是想儿子想疯了，去省城的监狱看儿子去了；还有人说，她被一个老光棍儿在夜里用一辆大马车给接走了，等等，有很多的说法。不过也没什么，她的存在与否，对村民的生活没有什么影响。她的儿子是个强奸犯，人们看她的眼神冷漠多于同情。看不到她，也没有人会去惦记她。后来，某一天的傍晚时分，我到村口的老槐树上去查看给六姐藏的礼物是否还在。站在高高的大树上，我不经意间向破庙的方向看去。没想到，我竟看到一个朦胧的人影从破庙后面的鬼火坟地里走了出来，绕过破庙，顺着村路向这边走来。越走越近，影子也越来越大，在影子经过大树下的瞬间，我从她的身型上看，认出她竟是斜楞的老娘！

我就那样呆呆地看着她走进了胡同。胡同里有一间破旧的土坯房，那是她的家。

　　我溜下老槐树，跑进村子，拐进了那个胡同。站在低矮的黄土墙外，夜色里，透过窗子，我看到斜楞娘盘腿坐在小炕上，那小炕上摆着个小木桌。桌子上立着一面小方镜子，镜子旁点着一根白色的蜡烛。蜡烛的火苗红红的，在轻轻摇曳。斜楞娘呆呆地注视着镜中的自己，一只手掐着个宽板的木梳，在机械地梳着自己散开了的头发。那头发很黑很长，我看不到一根白发。还有她的脸庞，那脸上我曾经看到过有红红的手指印子。手指印子现在是没有了，可是，她脸上的肤色仍然那样白皙，真不像五十岁左右的人。正当我看得入迷之时，斜楞娘突然转过头，直愣愣地向窗外看来，我感觉她的眼睛奇异地亮，很骇人！我"啊"地大叫了一声，扭身就跑。我听到身后传来开门的声音，那声音很响。

　　我不知道自己是怎么跑回家的。

　　斜楞娘回来了。是从鬼火坟地里走出来的！这个秘密只有我知道。

　　她……难道真的会是"鬼媳妇"不成？我偷看她，算不算招惹她呢？要是招惹了"鬼媳妇"可不是好玩的。

　　从此，我很少去破庙附近玩了，尤其是天黑以后。那个胡同我也很少去了。

　　斜楞娘开始露面了，她经常去生产队要救济。是啊，她家连电灯都用不起。

　　斜楞娘每次去生产队要救济，打扮得都很利索，就是带补丁的裤子也洗得特干净，头发也梳理得很光鲜。不管给不给救济，她的脸上永远都挂着一丝很奇怪的笑容。空空的布袋子在她的手里荡啊荡的。

接待她的大多都是生产队的会计何大算盘。郝大伯为了避嫌，很少与斜楞娘正面接触。

有一次，我在上学的路上遇到了斜楞娘，她用眼睛死死盯着我，嘴巴在不停地嚅动，就如在嚼冰块一样，发着"咯吱咯吱"的声响。后来我才知道，她那是在咬牙切齿！她在恨我吗？是因为我用瓶子砸了他的儿子吗？可是，我觉得自己没有做错。

6月里的一天，吴大夫来叫我吃饭。我说："婶子，我不去了。"

吴大夫说："来吧雨歌，正好帮我收拾一下东西，你六姐明天回来，学校里放暑假了。那件事已经过去这么长时间了，我想让她回来看看，她总不能永远不回这个家吧？"

那天，我起得很早，早早就到村口去等。

中午，当我坐在老槐树下昏昏欲睡的时候（主要是昨晚太兴奋没有睡好的缘故），有一双带着香味的小手蒙住了我的眼睛，是六姐！

我一下子从地上蹦了起来，回过头去看。六姐，真的是你吗？

我看到的仍然是从前的六姐：一身白色的连衣裙，脖子上还系了一条红色的纱巾，个子还是要比我高半头的样子，只是要比从前瘦弱一些。她微笑着拉住了我的手，自从那件事以后，六姐就总是拉我的手。有一次我问过六姐，为什么喜欢拉我的手，六姐的脸一下子红了起来，说："我拉着你的手的时候，就什么都不怕了。"继而又说："以后不许你问了！"

"你的个子怎么还是赶不上我高呢？"六姐拍拍我的头，打趣地说。

"总有一天我一定会比你高的。"我很认真地说。

"看，我给你带什么了？"

我看到一本用牛皮纸包得非常板正的书。

"我知道你喜欢看书，就攒钱给你买了一本，是苏联作家高尔基的小说《童年》。等姐姐上班发工资的时候，我会给你买更好的礼物。"

"不用，我长大后会挣很多钱的，我给你买。"

"真的？"六姐认真地看着我。

我说："你想要什么都行，我都可以买到。"

六姐突然沉默了一下，说："有些时候，钱并不是什么都可以买到的。"

我抬头望了望大槐树，说："六姐，你等着，我也有礼物送给你。"

我用最快的速度从树上的喜鹊窝里取下了一包东西，就是那盒水彩膏。

六姐轻轻打开塑料布和牛皮纸的包装，水彩盒上布满灰尘，里面的彩膏都已经发硬了。但是六姐仍然小心翼翼地把它放到了背包里，这让我很感动。可是，我突然发现六姐的眼睛湿润了。

我说："姐，你怎么了？"六姐说："没什么，只是有沙子飞进了眼睛里。"

"六姐，你还回咱们学校教书吗？还会做我的老师吗？"

"回，只要你在这里读书，姐就回这里教书，还做你的老师。"

"那我要是出去读初中呢？"

"你到哪里，姐就到哪里去教书。"

"真的吗？"

"真的。"

"还有，六姐，告诉我，你知道什么是'鬼媳妇'吗？我好想知道呢。"我突然想起了斜楞娘。我原本想把斜楞娘的事情告诉她，又怕她担心，就把到了嘴边的话给生生咽了回去。

六姐看着我的眼神明显地一愣，这让我立即想起了我询问父亲时，父亲也是一愣。

"你还是孩子，不要问这些没有用的事情，也许……也许你长大后，就会明白的。你现在该把心思放到学习上呀。"

"嗯。"我点了下头。

其实我现在回忆起当年和六姐在槐树下的对话，我只能这么说，六姐是个成年人，我仍然是个孩子。

可，到底什么是"鬼媳妇"呢？

六姐在家里只住了一宿，第二天就匆匆返回了城里。村里的人大多都不知道六姐回来过。她走的时候，甚至连招呼都没有和我打，这让我心里很是难过。但是，这难过仅仅持续了几天，我就什么都忘记了。很多事对于一个孩子来说，有必要想的那么复杂吗？少时的很多事情或者不愉快的伤痛，在我的心里都是暂时的，很快就会被许许多多的新鲜事物所冲淡，留下的只有或深或浅的一些记忆罢了。

转眼间，期中考试的时间到了。这次考试对我来说，可以说是终生难忘。

　　父亲因工作表现突出的关系，被调到县城郊区的谦和镇中学任教导主任。他每天都骑着家里那辆破旧的自行车往返十几里的沙石路上下班。我们学校新调来一位姓于的校长，是个总喜欢绷着脸教训人的老头儿。他连老师都不放过，我亲眼看到他把教二年级的小许老师训得哇哇大哭。学生们见到校长的时候，都会远远地躲开。

　　考试那天是个很晴朗的日子。上午第一节考语文，我一看作文题目是写《我的妈妈》，我的眼前立即就浮现出妈妈平日里的样子，我马上就开始按照写作文的时间、地点、人物、经过等老师讲的几大要素开始写，可以说是一气呵成。当我放下笔的时候，我突然感到自己的四周一片寂静，同时我发觉很多同学都在用不安的眼神望着我。这让我感到浑身不自在，我下意识地回头一看，吓得"啊"的一下站了起来。原来于校长正静静地站在我的身后，双眼紧盯着我的卷子看。"坐下，坐下，继续答卷。"于校长拍拍我的肩膀，很温和地说。

　　后来下课的时候，同学们告诉我，于校长在我身后站很长时间了。发卷子的时候，意想不到的事情发生了：我的语文卷子被作为典范在全校各班级传阅。原因是于校长说这个学生的作文写得太好了，语言朴实，内容充实，富有真情实感。

　　从此，我就开始迷恋文学写作。于校长曾经找我谈过，还告诉我如何写作，怎样写文章，怎样构思，并要求我每天坚持写日记。我问都写些什么？于校长说很简单，只要写每天你都做了什么，都想了些什么，总之，什么都可以写，绝对不要瞎编乱造就行了。

　　我是学校里唯一见了于校长不躲闪的学生。那段时光对我的成长有着很深远的意义。但是也十分短暂，不久我就小学毕业，升到了父亲所在的谦和镇中学读书了。我们家也随着父亲的工作调动搬迁到了谦和镇。之后我就很久没有回七家村了，虽然只有八公里。只是母亲有时会想念她的那些邻里姐妹，会回去看看。

谦和镇中学坐落在县郊区西部，四周都是村屯。附近的村民都是菜农，就是以播种蔬菜为生的村民。田地里都是一溜溜的蔬菜大棚。他们吃的是白本供应粮，和城里居民的红色粮本只差个颜色而已。这里的村民家家都很富有，当然所说的"富有"只是和七家村相比罢了。这里每个村里几乎都是一面红的砖房（房屋的正面是用红砖砌成的），这里所生产出来的蔬菜全部供应城里人食用，每个生产队在集市上都有固定的蔬菜市场。

我家在七家村那间可怜的小房只卖了四百五十元钱，父亲又借了五百五十元钱，在离中学最近的谦和村买了一间较宽敞的土坯房，让我们兄弟四个有了一个房间，这让我们兄弟几个兴奋了好些日子。那种感觉现在想来，仍然是那么美好。后来，应该在1986年的一个雨夜里，土坯房的一面山墙被雨水泡倒了半片，好在屋子没有坍塌。

吃白本供应粮的菜农们并没有把自己看作是农民，他们对于我家的搬来，并没有太多的好感。他们总是背地说，瞧，从农村搬来的。所以，有很长一段时间，热心朴实的母亲没有交到像在七家村时那么多的邻里姐妹。这让母亲感到伤心和失落，尤其是我们户口不在这里，母亲闲在家里，不能到生产队去干活儿，这更让母亲难过。因为家里买房借了债，全凭父亲的工资是很难积攒下多少钱的。有一天，母亲发现前院的周家要盖新房，需要搬运砖瓦的小工，每天给两元钱。母亲就自己去联系当了小工，十几天下来，每天都累得腰酸背痛地回来，脸上灰灰的都是沙土。我们兄弟几个放学后就都去帮母亲搬运，但都被母亲撵回家读书。很多时候都是父亲下班回来后去帮母亲，众人见了都打趣地说："学校的教导主任也干小工啊。"父亲边卷袖子边说："凭自己的力气挣钱有什么不好？这没什么丢人的。"

父亲仍然穿着带补丁的衣服去上班。

母亲的愿望是让她和四个孩子的户口早早地变成和这里的村民一样的户口，多次要求父亲快去办理手续。父亲的户口一直是红本的城市户口。父亲就去找镇里的领导，谦和镇的书记和镇长还很办事，说可以是可以，但有个条件，镇里缺个公安助理，必须让父亲来担任这个角色。原因很简单，父亲办事公道、果断，还有魄力和工作能力。父亲说做什么工作都可以，假如有一天有比他更合适的人选的话，他就还回学校继续做个教书匠。

领到白本供粮证的那天，父亲破例花了一元钱和两斤粮票买了十个面包。那是我们全家比过年还要高兴和幸福的一天。不久，母亲就到生产队去参加劳动挣工分了。年底的时候，家里的境况有了很大改观。这个时候，母亲就又想念七家村的那些姐妹和邻里了，她约了几个七家村处得最好的邻居婆娘来家里做客，唠些家常。看着她们的到来，我突然想念起吴大夫和郝大伯一家来了，就经常溜到她们的近前听她们的聊天。我隐约听到些消息，说郝大伯还在做支书，吴大夫还在做赤脚医生。但是她们就是不谈起六姐郝云青的境况，这让我感到有些失望。有天，那几个女人又来家里闲聊，我刚在她们身边走过，凉子妈妈突然一把将我拉过去说:"你也不回去看看你媳妇?她现在又回咱村的小学教书了,听说都转正成正式老师了,能给你挣工资了呀!你可有钱花了呀。"我立即就涨红了脸,在她们无所顾忌的笑声中跑出了屋子。

是呀,离开七家村快两年了。在新的环境里,我有时很难记起七家村的一些事物来,很多新鲜的事物让我着迷。比如那些从收音机里传出来的好听音乐,比如一天比一天增多的各种车辆,比如有些同学穿的大喇叭裤,等等等。我喜欢在每天放学后和兄弟们坐在生产队门前看着汽车从村道上一辆辆呼啸开过,经过最多的是油田的 CA10B 型的绿色解放车,车上总是站满了穿着脏兮兮工服的石油工人。

第六章　拥抱

回七家村看六姐的决定是周六晚上做出的，我在被窝里想了很久才进入梦乡。我在想六姐现在变成什么样子了，她应该快二十岁了吧。我明天应该穿什么样的衣服呢？我没有一件不带补丁的衣服。想着想着自己又觉得脸红和不好意思了。见了六姐说什么呢？有一种朦朦胧胧的兴奋感觉在我的内心深处悄悄地涌动着……

那晚，我做了一个难以启齿的美梦。我梦到了六姐……

早晨，我很婉转地向父亲说明去向：我要骑父亲的自行车去七家村，我要再好好练练，骑好自行车，那里的沙石路很适合练习骑车。

父亲笑说："要靠边骑车，顺便给你郝大伯带两瓶高粱酒去。"

带上两瓶高粱酒去六姐家，是我求之不得的。父亲给了我一个多好的理由呀。

顺着凹凸不平的沙石路，我慢慢地骑着车子。路两侧的田野上一片金黄，收获的秋季即将来临，路两旁高大的白杨树林在略带寒意的晨风中耸立着，部分枝叶在微微地颤动。大约半个小时的时间，我下了沙石路，顺着通往七家村的土路开始推着自行车前进。望着远处的土沙丘，我心里莫名产生了一种别样的滋味，感觉既熟悉又陌生。过了沙丘和学校，上了村道，就快进到村里了。在村口的大槐树下，我看到了一个人，一个苗条的女人。她静静地站在那里，手里捧着一本书在低头看。那是六姐吗？是的，真的是六姐！同时，六姐也抬起头看到了我。

六姐手上的书突然掉到了地上，一双美丽的大眼睛闪着激动的光泽。她疾步走到我身边，一下子就抱住了我，很紧，那鼓鼓的胸脯甚至顶得我透不过气来。我忙松开了握在车把上的双手，任凭自行车摔倒在路上。我的胸口憋得难受，我想挣脱出来，动了几次也没有挣脱六姐的拥抱。我感觉有水珠滴落在我的脖子上，是六姐的泪水吗？

终于，六姐把我松开了。她握住了我的手说，你怎么才来看姐姐？！

我怔怔地望着她，不知道该说什么好。

"我都去你的学校看你好多回了，你真的不知道？！"

"什么？我愣了。六姐真的到谦和镇中学来看过我？！"

"你什么时候来看过我？"我问。

"算了，不说了。看来你早把六姐给忘了。"

我的脸顿时发起烧来。后来我才知道，在我离开七家村这两年多的时间里，六姐几乎每个周日的早晨，都会到村口的大槐树下等我，她总在想，我会来看她的。她有时还悄悄地走十几里路到我的学校来看我，看我在操场上奔跑，看我背着沉甸甸的大书包上学、放学……

我忽然闻到了一种酒的香气，这才记起自行车上的那两瓶大高粱酒来。完了，两瓶大高粱酒已经摔碎了，把土路弄湿了一小片。

"走，快到家去。"六姐对打碎的酒瓶一点儿都不介意，帮我扶起自行车，向村里走去。

"雨歌，今儿就在婶家待一天吧，婶给你做好吃的。"吴大夫见到我的时候，脸上浮起慈祥的微笑，她的微笑让我感觉是那样亲切和自然。许久没有见她，她看起来苍老了一些。郝大伯拍拍我的头说："好小子，又长高了不少。都快成大人了。"我不好意思地告诉了大伯关于酒的事，说自己不小心骑车摔倒了……郝大伯哈哈大笑说："算了算了，等你长大挣钱了，多给我买几瓶不就行了吗？哈哈哈哈……"

吃饭的时候，郝大伯给我倒了满满的一杯"大高粱"，这是我有生以来第一次喝酒，酒喝到嘴里辣辣的，我涨红了脸。吴大夫给我做了一桌子的菜，让我一时间不知道吃什么好了。我碗里堆了老高的好吃的，都是六姐夹的。郝大伯还特意把他的五个姑爷都叫了来陪我，这让我有种成了大人的感觉。六姐的五个姐姐桌上桌下地忙活着，都不时地拿眼神瞄我，露着一种异样的笑容，这笑容让我感觉很不舒服。

郝大伯说："你要挨个儿敬你五个姐夫一杯呀。"

我说:"大伯我真的不会喝酒啊,要不我就敬您和婶子一杯吧,谢谢你们的款待。"

"算了算了,我们就不用了。"吴大夫虽然嘴上这么说,可是,脸上却笑得很欣慰,同时举起了酒杯。

"我也要喝嘛。"六姐也端起了杯子。

"嘿嘿,嘿嘿,看,小姨子要和小丈夫喝酒了。"嬉皮笑脸的五姐夫说。我心里特讨厌这个从部队复员回来的家伙,总是那么油腔滑调的,好像他总比其他四个连襟强很多似的。同时我察觉到五姐夫看我的眼神中,有一种说不出来的滋味,那眼神让我既感到陌生,又感觉到很熟悉,到底在哪里见到过呢?六姐狠狠地瞪了五姐夫一眼,看样子,六姐也很厌恶他。于是大家都举起了杯子,在愉快的笑声中,吃罢了这顿为我准备的饭。

饭后,我说要去学校看看,六姐说:"我陪你去。"

快三年了,学校有了很多新的变化,原来的土坯房现在都换成了宽敞明亮的"一面红"的大教室,操场也比以前平整多了。那个由欧阳指导员给做的篮球架子还挺立在操场中间,只是原来的绿色油漆早已脱落得不像样子了。

"六姐,您还在教美术课吗?"

六姐今天打扮得挺漂亮,上身穿着一件很帅气的军上衣(那个时期,穿军装是年轻人的一种时尚),颈上围着一条红纱巾,下身穿着深蓝色的裤子。但是我对她的军上衣感到特别的别扭,心想一定是那个流里流气的五姐夫送给她的!

"不了,姐不画画了。我现在改教三年级的语文了,我听说你很喜欢写作,现在还练习写作吗?"六姐没有感觉到我的不悦。

"我？我每天坚持写日记的，是原来的于校长要求的。对了，于校长还在这里当校长吗？"

"于校长去年就调走回城里了。你写日记子的时候，写姐姐了吗？"

我的脸不知道为什么热了下，没有吱声。六姐也没有问下去。其实我还真的没有写过六姐，都是记些无聊的琐事。

我本想再去看看破庙，但是见时间快到中午了，怕父母惦记，就和六姐往回走。

临别的时候，六姐问我："会经常来看姐姐吗？"

我说："快考高中了，也许爸爸不会再让我出来乱跑了。要不，等我考上高中后，我再来看你好吗？"

六姐笑了，她的笑很勉强，有些苦涩的味道。

其实我还有很多事情想问问六姐，比如斜楞娘的境况如何，二癞子从外面回来了吗，鬼火坟地是否还有恐怖的叫声，等等。可是，我又觉得向六姐提这些问题有些不妥，就没有再问。

走出很远，我回头望去，看到六姐仍站在原处向我挥手，我突然发觉六姐比以前更加消瘦了，我的内心深处忽然有一种很痛的感觉。我做梦都不会想到，等我下一次见到六姐的时候，对她的伤害是那样的大，那样的难以弥补，以至于让我悔恨终生。有时候我总是想，假如那天我要是不去见六姐，也许现实会是另一个样子……

匆忙赶回家时，家里人正围坐在炕桌上吃中午饭。父亲瞧我满脸通红，就说你小子还喝酒了？

我简要把去吴大伯家的经过向父亲做了介绍，当然删去了六姐抱我的那一节。哥哥问："你没看看三胖、四胖他们啊？"

我这才记起，自己怎么没有去看看那些小伙伴呢？用现在的话说，我有点儿"重色轻友"的嫌疑了。

1982年的深秋，是个让我感到特别寒冷的一个季节。这个深秋让我懂得了什么是失望和难过。

只差了四分，离进入建业高中的分数线只差了四分。

建业高中是我的梦想，也是父亲的希望，

为了考取这个被谦和县人称为大学摇篮的重点高中，我付出了多少努力呀。在考试前夕，我曾经和几个同学相约去了一趟建业高中，看着绿树环绕、典雅肃静的校园及高楼里（四层楼房是当时县里最高的楼了）宽敞明亮的教室，我们是那么神往和渴望。多少回我都在默默地幻想，幻想自己在这个校园的林荫道上，手捧课本在读书、散步……我早已把自己当成建业高中的学生了。

"这个寒假里，你哪里都不准去！在家给我复习功课，你让我太失望了。"父亲说这番话的时候，眼里满是怒火。

我的心就如一下子沉入到冰窟窿里似的，寒冷而疼痛。整个寒假里，我都在望着窗外的飞雪和园子里被冷风吹得直摇晃的白杨树发呆。

父亲决定让我重读初三的课程，然后再考建业高中。我死活不依。我倔强地坚持两点：一是我绝不做"降级生"！二是我要去普通高中读书，在普通高中也一样能考上大学。

在我强烈的"反抗"下，我去了安年中学读书。

安年中学坐落在县城北郊外的安年镇内，离家大约二十公里左右。我不得不选择在学校里住宿，每天吃着一块三的伙食，睡的是"吱呀吱呀"乱叫的木板床。母亲为我做了套新被褥，其实只是被子面是新的而已，这也让我感到非常珍惜。我暗下决心，一定要好好学习，考个像样的大学。

可是，残酷的现实让我知道自己错了。安年中学的教学质量很难让人恭维，老师的素质暂且不说，这里的学生就很让我头疼，打架的、吸烟的、谈恋爱的……把个学校弄得乌烟瘴气的。后来，派出所把我们学校的几个败类分子带走后，校园的风气才有所改变。他们是因为参与社会上的流氓团伙才被抓的。

英语是让我最头痛的课程，怎么学都学不进去。老师在上面讲，我在下面如鸭子听雷般的发愣发傻。当时考建业高中时，就是英语拉下的分。后来再上英语课时，我索性就在下面看小说，我知道自己不对，心里很难过。高三了，我感觉再读下去也没有任何意义，这时我做出了一项决定——去当兵！

已经是谦和镇派出所所长的父亲，对我的决定显得无可奈何。我了解父亲的心情，父亲说过只要我考上大学，他砸锅卖铁都供。

1987年10月的一个清晨，凛冽的寒风吹拂着这个偏远的东北小城。清冷的街道上行人寥寥。可是在县武装部的大楼下，却热火朝天聚集了好多人，他们个个神情中带着焦急和期盼，排着队进行体检。城里孩子当兵很不容易，每年的名额都是有限的，农村兵参加体检的也很多，我就站在农村兵体检的行列里，因为我吃的白本的供应粮。父亲在我附近不停地来回更换着步子，比我还焦急呢。

通过耳、鼻、喉等各个部位的检查，我顺利地通过了体检这一关。然后就是政审了，那更没说的了，因为我父亲是个人民警察呀。

等发下军装的那一刻，我才实实在在地有了感觉，我即将要离开父母，独自去闯天下了。

第七章　庙里

　　虽然没有佩戴领章和帽徽，我站在穿衣镜前也觉得自己特别精神。能够穿上军装也是我的梦想啊，或者说是每个年轻人的梦想。

　　明天我就要启程了，跟着接兵的干部走，去一个我未知的地方。偶尔我会感觉如做梦一般。

　　在街上跟哥哥和两个弟弟溜达了一整天，傍晚时分我们才兴高采烈地赶回家，哥哥和弟弟都为我穿上军装而感到自豪。

　　吃过晚饭后，我独自一人在房间里静坐了一会儿，我在想一个问题，这个问题一直困扰着我，那就是我应不应该去和六姐告别。对于已经十八岁的我，随着年龄的增长，在我的内心深处，也开始朦朦胧胧地对男女之间的情感产生了一些微妙的变化。在我读高中的时候，我曾有过几次想去看看六姐的想法，却又不敢去看她，我怕她再像上一次那样冲过来抱住我，让我透不过气来。我对她的感情真的像对自己的亲姐姐一样。可是，又有另一种感觉成为我难以启齿的折磨，这种折磨时常出现在睡梦中，让我在睡梦中挣扎地醒来。我总梦见六姐被斜楞扑倒的那一刻，然而等我去救她的时候，斜楞又突然变成了我……这梦让我既兴奋又羞愧不已。

我熟练地骑着父亲的自行车，很快就过了沙石路，行进在乡间小路上。凹凸不平的土路震得自行车"噼啪"地乱响。两瓶高粱酒吊在车把上荡着秋千，酒是给郝大伯带的，我想这一次绝不能再摔碎了。

一会儿的工夫，我就到了村口。大槐树下，在朦胧的夜色里，我惊呆了，虽然两年多我没有见到她了，但是对我来说，看到她的身影，仍然是那么自然和亲切。

"六姐，你怎么会在这里？"

我感觉到六姐的身子突然颤动了一下，像要跌倒似的。我忙放下自行车，用手扶住了六姐。六姐顺势靠到了我的怀里。我轻轻搂着她，我感到她的身体在颤抖。我现在的个子要比六姐高半头。

"你冷？我脱下上衣，给六姐披上。六姐为什么要哭呢？"

我知道六姐在等我，这种感觉让我既幸福又害怕。

"我是来向你告别的，姐姐。"我特意把"姐姐"这两个字说得很真切。

"我知道你要走了，我……昨天就在这里等你，今天又等了你一天……我知道你会来和我告别的。我知道你不会忘记姐姐的。"

六姐的脸色在淡淡的夜色中显得白白的，那双明亮的眼睛透着一种让我难以回避的激情。我不敢再看下去，扭过头去看向别处。

"我去跟大伯和婶子告个别。"我说。

"不用了，他们知道你会来的，所以才让我在这里等你。我只想和你多待上一会儿，我不希望任何人来打扰我们。"六姐的态度和声音突然变得有些专横和强硬，这让我有些不自然。我们顺着土路慢慢走下去。

我推着自行车，六姐的头就靠在我的肩膀上，让我更加不知所措。长这么大，第一次有异性与我这样行走。我很希望六姐能说点儿什么，可是她只是闭着眼睛跟我一起走着，或者说是我在引导着她走。

不知不觉中，我停住了脚步，恍然在梦中一般，我看到了破庙，破庙里闪着红红的亮光。一时间，那些关于鬼火坟地、鬼媳妇的记忆都相继从我的脑海中蹦出来，是那样强烈，那样清晰。我吃惊地看着六姐。六姐的脸色好白呀！让我瞬间记起了斜楞娘那晚窗前梳头的样子来。

六姐歪着脑袋，向我诡秘地一笑："敢进去吗？"

有什么不敢的？我想一个女孩子都不怕，我怕什么呢？不知道为什么，我的心在剧烈地跳动着、跳动着，我感到异常兴奋。

破庙里红红的亮光是点燃的一根红蜡烛发出来的，蜡烛已快燃近。不知道六姐从哪里拿出两根蜡烛续燃。我看到破庙里被收拾得干干净净，地面上一尘不染，由二癞子老爹搭的土炕上，居然还铺着一套小花被呢。四周的窗子也都用塑料布遮得严严实实。给我的感觉就像一个小家似的，那样温馨，那样整洁。

在那红红的烛光的映衬下，六姐的脸颊竟也是那样的红润……六姐的目光迷离起来，让我不知所措……

2

是的，在这样的烛光下，在六姐迷离恍惚的眼神中，我不知道该说些什么，也不知该做些什么了，只感到一种奇妙的滋味涌上我的心头，似乎蕴涵着某种难耐的饥渴，让我心慌意乱。

"六姐，我们为什么要到这里来？"我也不知道自己为什么要说这句话。

"这里很安静的，就我们两个人，多好呀。对了，你明天什么时候动身？"她斜靠在炕沿上，用余光瞄着火炕。

"好像……是清晨就在武装部门前集合，大约在凌晨就要起床了。听退伍回来的老兵说过，我们会坐火车走。对了，六姐，你坐过火车吗？"我问道。

六姐把头转过来，笑了，她迷离的眼神依稀明亮了一些。

"姐姐早就坐过了，火车'轰隆轰隆'响，跑得很快呀！很快就会把你带到一个遥远的地方去了。"她的声音中有些伤感。

"我知道的，我在电影里看到过火车，六姐，你知道我的心里有多么激动和紧张吗？"

"激动可以呀，你要成为一名军人了。可你……你怎么会紧张呢？"六姐拉住了我的手，我发现她的手是那么热，那么柔滑。

她将我拉坐到了土炕上，我们的腿碰到了一起，不知道为什么，隔着厚厚的棉裤，我似乎能感觉到她的体温，而且竟是那样温暖。可这种温暖让我感觉很不自在。我想站起来，但六姐拽着我的手，让我很难站起身子。

"明天，你明天就要走了，不知道六姐以后还会不会见到你了。"六姐轻轻抚摩着我的手。

"为什么要这样说呀，六姐？三年，三年我就会回来了，真的，我回来后，第一件事情就是回来看你！"我有些激动。

"三年？三年会有很多变化的……也许，你早就把六姐给忘记了呢。你知道六姐在想什么吗？"她停止抚摩我的手背，只是轻轻握着。

"那怎么会呢？我怎么会忘记姐姐呢？"我有些紧张，是六姐刚才的话让我感到紧张。

忽然，六姐的眼神明亮起来，说："你能答应六姐一件事情吗？"

"能，六姐，只要我能办到的。我什么都答应你。"我说话的语气很郑重。六姐的手变得更有力了，甚至让我有了丝丝痛楚。

"很简单，就是等你复员回来后，娶我，娶我做你的妻子！"六姐一字一句地说，声音凝重中带着温柔。

"娶你？做我的妻子？"我吃惊地重复着六姐的话，心中立即想到的问题就是，马上回家将这件事情告诉父亲。这样的大事自己怎么能做主呢？

六姐注视着我，那神色充满了期盼和渴望，让我不忍心与她对视，深深垂下了头。

"雨歌，抬起你的头好吗？看着我，你只要告诉我，可以，还是不可以，无论怎样，六姐都不会怪你的。今天的事情，会是一个秘密，一个只属于我们两个人的秘密！"

六姐的声音在我的耳边轻轻掠过，这声音让我沉默了。但我看到了六姐眼里闪现出了晶莹的泪花。是因为我沉默的原因吗？

我的心在颤抖，在挣扎！我甚至不敢去看六姐那哀怨的眼神，那滑落的在脸颊的泪滴……

不知怎么了，我心一横，猛地抬起头，直视着六姐说："六姐，我答应你，我回来后娶你，娶你做我的妻子！"

"啊！"六姐哭出了声，一下子抱住了我，在我的脸颊上用力地亲吻着，泪水滑滑的，沾湿了我的脸。

一阵冷风吹过，将蜡烛吹灭了。外面早已漆黑一片了，破庙里更是模糊不清。我努力适应着庙内的黑暗。

我感觉自己的身体向后一仰，六姐竟将我推倒在了土炕上。

六姐压在我的身上，让我喘不上气来，我的头脑麻木，一片空白。

忽然，我感觉六姐的嘴唇封住了我的嘴巴，一种奇异的感觉立时通变了我的全身，让我战栗，也让我的情绪亢奋起来。我竟伸出双手紧紧地抱住了她，那多少次在自己梦中出现的情景立即在我脑海中浮现出来……我开始疯狂地撕扯六姐的衣服，六姐只是抱着我，任意地让我撕扯着……霍地，我停住了自己的手，我的脑海中突然闪现出一个模糊的影子，这个影子越来越清晰，那是斜楞，斜楞在朝我笑呢，那笑容怪怪的……

六姐又开始用力地亲吻我的嘴唇，使我更加疯狂地撕扯她的衣服……我抚摸到她那坚挺的乳房……我在她瘦弱的身体上疯狂地蠕动着……

窗外，起风了，将小窗子上的塑料布吹得"哗啦啦"响。

我平静下来了，我整个人伏在六姐润滑细嫩的身体上，紧紧拥着她，真的想让时间永远停在此刻。

"等你回来的时候，我会告诉你，什么是'鬼媳妇'。"六姐对着我的耳朵悄声说。

我的心里一惊，下意识扭头向后窗子看去。黑洞洞的窗口，就像一只恐怖的眼睛，在恶狠狠地盯着我。同时，我似乎听到了一声女人发出来的叹息声，这叹息声也来自窗外！这声音很轻很轻，听着有种虚无缥缈的感觉。是我的幻觉吗？庙的后面，不就是鬼火坟地吗！我心里一惊，有种不祥的预感悄然爬上我的心头，我忙转回头去看六姐。六姐正温柔地凝视着我，她慢慢抬起胳膊，将我的头搂在了她温暖的胸前："你回来后要是不理六姐，六姐就要变成'鬼媳妇'了……一辈子阴魂不散地跟着你……"

清晨是冬日里最寒冷的时刻，东北把这个时间段唤作"鬼龇牙"。我们都身穿着厚厚的军装，排着整齐的队伍，在五个接兵干部的带领下，自武装部门前，步行奔往城内的客车站。我们是要先坐客车，然后再到距我们县三十公里处的火车站上火车。

我不时地回头向送行的人群中张望，看到了父亲、母亲、哥哥和弟弟的身影，他们不时地向我挥手，我还看到母亲在悄悄地抹着眼泪。哥哥和弟弟却兴高采烈的，他们最大的愿望就是等我到部队后，尽快给他们寄回来几套漂亮的军装。

父亲目光深沉地望着我，我知道，他一直不放心的，就是我昨夜和他说的是否是真话！

　　我的确没有和父亲说实话。当我在深夜里赶回家时，全家都没有睡觉，都在等我。我说我去同学那里了，大家唠得开心才耽搁了时间。

　　那是我有生以来第一次向父亲说谎！

　　父亲只是看了我一眼，没有说话。但我感觉到了，他对我的话存在着怀疑。好在母亲说："大家快睡觉吧，明天大家都要早起呢。"

　　那夜，我一直没有睡着，心中时而恐慌，时而忐忑不安。有一种想哭的感觉，但我一直没有哭出来，只是用被子死死地捂住了自己的头，思绪混乱无章。我都做了些什么啊！

　　坚挺的乳房……那滴落的鲜血和我无法遏止的迸发……事后我恐惧到了极点，可六姐为什么还在温柔地笑呢？

　　此刻，一阵寒风袭来，让我打了个寒战。为什么，我没有看到六姐的身影？她不是说一定会来送我的吗？

　　走在队伍中，我的心情复杂到了极点，矛盾到了极点。想看到六姐，可又怕见到她。这是为什么呢？

　　送行的人群一直跟到了客车站，我们上客车时，六姐仍没有出现。我有些绝望了。客车开动了，人群在慢慢地远去，我仍然在努力望着车窗外。

　　我彻底绝望了。脑海中又浮现出与六姐临别时，她那哀怨的模样。她紧紧拥着我说："明天我一定要去送你。你是我的男人了，我一定要送你！"我没有说话，直愣愣地看着她，心中突然莫名地恐惧起来。六姐注视着我，突然松开了抱着我的双手。

　　可是，她真的没有来。六姐啊，你在哪里呀？现在的你在做什么？你、你真的不会来送我了吗？我真的想再看看你啊！我在心里不停地呐喊着。

宽阔的柏油路让客车开得很快，三十公里的路，我感觉不一会儿就到了。

新兵们在部队干部的指挥下，开始有秩序地下车。

无意中，我向车窗外望去，我看到了，看到了，看到一个消瘦的身影在一条通往油漆马路的小土路上拼命地向火车站跑来，那真的是六姐吗？难道你真的绕道走了四十多里的土路来这里送我吗？红色的纱巾在寒风中抖动着……

六姐啊，你为什么要这样？！

我的心一下子跳到了嗓子眼儿。

大家有秩序地下了车，排着队，一个个走向候车室。

我鼓起勇气，向接兵干部走去，我说："报告，我姐姐来看我了。"

寒冷的西北风中，静静地立着柔弱的六姐。

六姐的身后，环绕着一团白色的雾气，那是汗水渗透了棉衣散发出来的热气。

我走到她的近前，看着她，看她红色的脸颊上流淌着的汗水。我从军用挎包中取出了自己的白毛巾，轻轻在六姐的脸颊上擦拭着……我的手在哆嗦，我的心在颤抖。六姐闭上了眼睛，嘴角挂着一丝幸福的微笑。忽然，她握住了我的手，紧紧地放在了她的胸口处，让我触碰到了她剧烈的心跳。

一阵冷风吹来，我感觉六姐的身体抖动了一下。

"姐姐，你到客运站送我一下就可以了，何必要绕这么远的路呢？你看你都累成什么样了……"泪水在我的眼圈里直打转儿，险些落下来。

"姐姐？"六姐吃惊地睁开了眼睛，那眼睛红红的，许是哭了一夜。

昨夜，分别的那一刻，六姐说以后再不许我叫她姐姐了。我说那叫什么呢？六姐笑了，说："当然叫媳妇啦。"叫媳妇？可我怎么叫出口啊！这个词语让我很难启齿，感觉离我是那样遥远……

六姐说："好了好了，只有我们两个在一起的时候，你叫总可以了吧？"她就如一个比我还小的孩子。我知道，六姐的几个姐姐早已出嫁，她对很多事情都比我了解得多。

"关于什么是'鬼媳妇'，你为什么现在不告诉我？"我直视着六姐的眼睛。

六姐把头转向了另一边，她在看火炕上褥子中间的血迹。那血色就如一朵艳丽的花朵。

为什么要等我复员回来，六姐才会告诉我？昨夜，我一直在想这个问题。

我回头瞧了瞧站在不远处的接兵干部，六姐方才领会了我的意思。她笑了，笑得是那样开心。

"给你，要收好呀。"六姐放开了我的手，小心地从怀中取出了一个用花手绢包成的小包，递到了我的手中。我要打开它，却被六姐用手按住了。"不要打开，等我走了你再打开好吗？"但我感知到了里面包的是什么。

"记住，一定要给我写信。"

"可是，我还……"说心里话，我还真的没有写过信呢。

"快点儿，雨歌！火车要开了。"接兵干部在唤我。

我心一横，将自己的白毛巾塞到了六姐手中，头也不回地向候车室跑去。

刺耳的汽笛声响起，火车徐徐开动了，我忍不住透过车窗向外看去，看到了六姐孤独的身影在一点点地离我远去，她的手中飘动着那条白色的毛巾。那是我有生以来第一次拥有属于自己的新毛巾。现在，它属于六姐了。

火车在有节奏地行进着，茫茫无际的北方大地上的田野、村庄在我眼前闪过。我的心里空落落的，不知道是什么滋味。

我悄悄地打开了手绢，里面的确是一沓钞票。钞票叠得非常整齐，甚至连一个褶皱都没有。那上面还残留着六姐身上散发出来的香气呢。我数了一下，一共是二十七元七角。当时，父亲一个月的工资也不过五十多元。钱币的最下面，我发现了一封折叠得很整齐的信：

> 雨歌：你知道吗？我这辈子最大的希望就是做你的妻子。在这个世界上，不知道为什么，只有握住你的手的时候，我才不会感觉到恐惧和失望。今天，你要离开我了，所以，我要把我的一切都给你，让你永远地记得我，永远地想着我……早日回到我的身边，做我的丈夫……这辈子，永远都不要离开我！

　　我再也控制不住自己的泪水了，滴滴落了下来，掉在信纸上，将字都洇模糊了。

　　　　还有，你一定要给我写信，我给你写了我的
　　地址……

　　二十七元七角，这一定是六姐全部的积蓄。也不知道她积攒了多长时间！我小心翼翼地将钱包好，放入怀中，我知道，自己也许不会动用这包里的一分钱。

第八章　信笺

　　新兵连里的训练很累，很艰苦，新兵连时期也正是磨炼一个人意志和增长体魄的最好的阶段。班长对新兵特别关照，与我们同甘共苦，一起摸爬滚打。虽然那段时间真的很难熬，也特别让人难忘。多年后，我曾为了纪念那段美好而艰苦的时光，写了一部小说，小说的名字叫《陆军上等兵》。

　　训练的闲暇时间，大家最大的乐趣就是读家里来的信。每当接到家里的来信，就像见到自己的亲人一样激动。我在新兵连时，父亲几乎每周都会给我来信，内容都是嘱咐我好好干，听部队领导的话，争取早日入党。但是，在新兵连里入党几乎是不可能的。有很多老兵还没有入党呢，在我眼里，他们都很出色。

　　为什么没有六姐的来信呢？

　　我在到达新兵连的第一周就按照六姐给我的地址，给她写了一封信。我简要介绍了一下自己的训练和生活情况，其他的也不知道写了些什么，就寄了出去。三个月的新兵连生活即将结束了，仍看不到六姐的来信。我想，难道是六姐没有收到我的信？还是她把我给遗忘了？会遗忘吗？没有收到六姐的信，可是，我却意外地收到了一封来自家乡的信。为什么说意外呢？信笺上的字体清秀柔美，不是六姐的那种细小的字体。信封中还夹着一张彩色照片。

居然是欧阳小春！

她微笑着站在一个美丽的小湖边上，歪着头在得意地微笑。看样子，她的个头长高了许多，乍看上去，我都认不出她了。看着她白净的小脸和时髦的装扮，让我对城市女孩儿又有了新的认识和理解。她告诉我，她正在北京读大学，放寒假回家的时候，特意去七家村看我，后来又找到了谦和镇派出所，是我父亲用派出所的车将她送到了我家。她还在我家住了一夜，和我母亲聊了很久。

她还说，她的父亲已经不在基层工作了，现在被提拔到机关担任宣传部长了。有时候，还会提起我呢。最后，小春写道：真的想看看英雄哥哥穿军装的样子，你戴上军帽的样子会更威武、更神气。

她强烈要求我给她寄去一张穿军装的照片。

若不是这封信，也许我早就将这个小时候的"跟屁虫"给遗忘得一干二净了。看着照片，我眼前不禁浮现出欧阳小春小时候那柔弱的身影来，我苦笑了一下。这小丫头现在已经是大学生了，这让我感到有些惭愧。

在没有下发领章和帽徽的情况下，我特意向老兵借来了领章和帽徽，照了几张彩色照片，选出了一张自己非常满意的照片给她寄了回去。并在回信中写道：能够成为一名军人是我一生的梦想，保卫我们伟大的祖国不受侵犯，是一件多么神圣的使命啊。

下老兵连了，我又给六姐写了几封信，可仍然没有收到六姐的来信。父亲的来信中，也从不提郝大伯一家的事情，这真的很让我担心和疑惑。

春天来到了，我所在的山清水秀的边陲小城显得更加美丽如画。这是我向往已久的城市。我们的连队就驻扎在城市的边缘，从营房走三十分钟的路就可以到达市中心。市区内繁华而拥挤，边界贸易方兴未艾，一片生机勃勃的景象。在白日里，可以经常看到游荡在街道上的大鼻子的外国男人和黄头发褐色眼睛的漂亮的外国女人。他们有时会被小贩们围聚着交换着各种物品，有时他们又会主动找小贩们交换商品。汽车的种类也开始多了起来，有很多我都叫不上品牌的小轿车在身边飞驰而过，让我感到特别新奇。只有星期天的上午，我们才有机会由班长或老兵领着，排着一小队去市里商店转转，购买些牙膏、香皂之类的日用品。其实连里也是让新兵们出来散散心，不要太想家。这一切对我来说，都是那么新鲜。更让我感到幸福的是，这里每月可以领到二十元的津贴费，这二十元钱在我的手中是那样沉重，那样珍贵。我不知道怎样处理这笔"巨款"，将钱放到了六姐给我的那个手绢包中，那里有六姐给我的二十七元七角。只有急需的物品，我才会小心地取出一点儿钱去购买。

出操、训练之余，我时常会默默地坐在营房的台阶上发呆。六姐的身影无时不在侵扰着我的思绪，让我不安。给家里的信中，我时常会有意无意地问起郝大伯一家的情况，可是，父亲就如没有看到一样，仍是片言不提。欧阳小春倒是时常来信问候，还时不时给我邮寄照片，战友们都说我的女朋友很漂亮。我说："什么女朋友呀，我哪里来的女朋友呢？"我心中却产生了一种异样的感觉。那种感觉就是六姐让我叫她"媳妇"的那种滋味。战友们有女朋友的不少，都是参军前在家处的对象。这帮小子也不忌讳，女朋友一来信大家就抢着传看，尤其喜欢抢别人女朋友寄来的照片看。

春去夏至，仍没有六姐的消息。难道六姐发生了什么意外？我只能自己安慰自己，是六姐怕影响我的训练和怕我想家，所以才不给我回信的。可是，我真的有些想家了。

两个让我们振奋的消息传来：一是部队即将换装，实行军衔制，士兵也佩戴军衔章，这让战士们都充满了自豪感。另一个好消息是，部队新条例规定，战士在服役期间的第三年，可以有一次十五天的探亲假。听到这个消息的时候，我激动得半夜没有合眼，后半夜还做了一个美丽而幸福的梦。我梦到自己穿着崭新的新式军装走进家门，全家人都出来迎接我，和我拥抱。然后我去看六姐，六姐笑了，笑得很灿烂，她紧紧地抱着我不放手，我感觉浑身燥热，然后就控制不住自己……早晨醒来的时候，我的脸还在发热，偷偷换了内裤。

我的生活在紧张的训练和学习中度过，是的，我刻苦训练，认真学习各种知识，我要成为一名优秀的解放军战士。在年底老兵复员时，我在新兵中脱颖而出，被选为战斗一班的副班长。同时，我没有把文学的这个爱好扔了，我充分利用空闲时间，写些军营生活中的好人好事，投寄给《边城日报》和《解放军报》，有的稿件还真的被采用了，得到了五元、十元不等的稿酬。我把每月的津贴费和稿费积攒到一起，在我看来，已是不小的数目了。我想，这些钱以后会有用途的。因为离我探家的日子越来越近了。

3

我所期盼的日子终于来临了。

踏上归乡的火车，听着火车有节奏地运行的声音，我的心激动得都快跳出嗓子眼儿了。那种心情是很难用语言表达出来的。车辆、人流、城市在我眼前闪过，这一切对我来说早已不再陌生。我想看到的是家乡那广阔无垠的大平原；那袅袅升起炊烟的小村；那日思夜想的亲人；还有那两年多没有一丝音信的让我牵肠挂肚的六姐……

是啊，两年多了。七百多个日日夜夜过去了，家乡会有什么样的变化呢？哥哥的工作怎么样了？两个弟弟的个子是不是都长高了呢？我的父亲母亲见到我后，一定会很高兴。两天一宿的火车，我几乎没有合眼。等坐上通往谦和县的客车的时候，我的精神头更足了。我选择了靠窗的位置坐好，近乎贪婪地透过车窗看着家乡的房屋、车辆、人流。可惜天公不作美，下雨了，是很猛烈的暴雨。窗外的一切开始朦胧起来，身边的一位大嫂说："我怎么这么没有'天缘'呀，每次回家都下雨呢。"看来她也是从外地回来探亲的。

7月中旬的北方天气，正是酷热多雨的季节。但是，家乡的城市变化可真大啊，车水马龙的街道两旁多了很多高楼大厦。我突然记起儿时欧阳指导员说的话，让我好好学习，长大把我的家乡建设成一座美丽的油城。是啊。我的家乡盛产石油啊！

不知道为什么，在客运站下车时，我突然有了一种想和见到的每一个行人都打个招呼的冲动，我对那些陌生的家乡人平添了亲切之感，就如和谁都曾经相识似的。甚至这瓢泼的大雨竟也让我感觉是那样温暖和舒畅。毕竟，这是自己家乡的雨啊。

我奔跑着，在雨中快乐地奔跑着。身上崭新的新式军装被淋湿了，乌黑的帽檐滴滴落着雨水，这让我很心疼。我忙在皮包里找了件旧的衣服换上了。本想给家里一个惊喜的，所以我没有提前通知家人说要回家探亲。我想让家人突然看到我穿新式军装的样子。

雨下得更大了。我只好躲在路旁的一家饭店的门厅下避雨。饭店里飘出来的饭菜香气不禁让我咽了一下口水。大雨仍然"哗哗"下个不停，雨水自屋檐向下流淌着。我平静了一下心绪，不让自己过于激动。是呀，到家了，到家还急什么呢？

我开始欣赏外面的雨景。两年不见，谦和县的楼房增加了很多，街道要比以前更加平整和宽阔了，各色的雨伞在街道上飘动着……

突然，我看到一个身影在雨中缓慢地行走着，他手中举着一把破旧的黑伞。雨水正顺着伞面断裂的缝隙向下滴落着，滴落在他蓝色的陈旧的布衣上。我没有看清他的面容，只是他的背影却让我感到无比熟悉，难道是郝大伯？真的是郝大伯吗？不会的，郝大伯的身子是笔直的，不会像这样驼背的。

我真的想追上去看看他到底是不是郝大伯，可是，这个人已经消失在人流雨丝中了。有一种不祥的感觉，悄然爬上我的心头，马上又消失了。也许只是我眼花了吧。

一阵暴雨过后，天开始放晴。我重新换上了崭新的军装，大步向家的方向走去。

一走就是两年多，对一个从来都没有离开过家人的孩子来说，这里的一切现在都显得是那样既熟悉又陌生。当路过谦和镇政府门口时，我发现原来的青砖瓦房早已消失了，取而代之的则是红砖绿瓦的四层小楼。大门前挂着好几个牌子，有镇政府和镇党委的，还有派出所的呢。看到派出所的牌子，我心里非常激动，竟直直地走了进去。

门卫问："你找谁呀？"

我说我找派出所的人。门卫又说："在一楼左拐就是了，你找谁呀？"

我说我找所长，他是我爸。

门卫竟忙不迭地从门卫室里跑出来说："呀呀，你是雨歌吧？你爸爸总提起你呢，走走走，我带你去找你爸爸。对了，我是你孙叔。你瞧你穿上军装多精神呀！"

在孙叔的引导下，我进了挂着所长牌子的办公室。

我都有些认不出来穿着一身墨绿色警服的父亲了。父亲正坐在办公桌前飞快地写着什么。他抬头看到我的时候，目光里满是惊讶和喜悦。

我说："爸爸，我回来了，回来探家了。"

父亲走过来，一下子抱住了我，说："傻小子你是什么时候回来的，怎么也不提前说一声呢？"

我说："要给爸爸一个惊喜呢。"父亲松开手，拍拍我的肩膀说："好小子，又长高了一头，都超过爸爸了。回家了吗？你妈知道吗？"

我说："还没有呢，下车之后躲了一阵子雨。"

父亲抬腕看了看手表，说："也快到中午了，走，爸爸驮你回家。"

我认出来了，父亲的手表居然是多年前因我打伤凉子而被卖掉的那块，这块手表给我的印象是那样深刻。可这块手表又是怎样回到父亲手中的呢？

父亲用摩托车驮着我，"突突"地向谦和村方向驶去。

摩托车进院时，母亲正在往拉线上挂衣服，许是下雨时收起来的衣服，现在雨停了，又挂了出来。听到摩托车响，母亲没有抬头，只是叨咕道："今天怎么回来得这么早呢？"

我下了车，站在母亲的面前。可能是我的军装和父亲的警服颜色很相近吧，母亲仍低着头说："站这儿干什么呀，快进屋帮我去取衣服啊。"

我说："妈妈，是我呀。"

妈妈手中的衣服掉落在了地上，抬头只看了一眼，就用双手把我抱住了，我也紧紧地抱住了母亲。我感觉我的脖子湿了，那是母亲的泪水。

哥哥在上班，两个弟弟都还没有放学。我的肚子咕咕直叫。

母亲给我做了一大碗香喷喷的热汤面条，还打了两个荷包蛋。在炎热的天气里，我吃得热汗直流，这碗面是那样香甜。吃饱后，我就开始睡觉。这一觉从下午开始，居然一直睡到了第二天的早晨九点多，那是个身心全部放松的好觉。

我睁开双眼，发现全家人都在围着我看。哥哥说："你小子几天没有睡觉啊？我们昨晚怎样掐你你都不醒。"两个弟弟将我拽了起来，呵呵笑着。我忽然觉得自己在这个家里是多么重要啊！这个家对我来说又是多么重要啊！

我要好好利用自己这难得的休假时间，我感觉自己有很多事情要去办。可是，到底是什么事情等着我去办呢？

第九章　心境

　　谦和村的村貌也有了很大的改观，民房差不多都变成了清一色的红砖大瓦房了。母亲说家里正在攒钱呢，争取今年九月份开始盖新房，也是全红砖的瓦房，要盖四间呢，你哥哥也到娶媳妇的年龄了。我透过窗子指向不远处的那一排排整齐高耸的六层家属楼问妈妈那是哪里的楼。母亲说那是油田的家属楼。

　　父亲说："这几年油田发展得很快，产量高，效益好，职工待遇更好，职工都可以分到这样的楼房住，并且，还会免费分到铁床、液化气罐。"我说："要是我复员回来能分到油田工作就好了。"父亲苦笑了一下，没有说什么。母亲说："好呀，到时候你也分到这样的楼房，妈妈去看你，给你做饭看孩子，可还不知道你会说个什么样的媳妇呢？"

　　我无言，突然想起了六姐。

　　哥哥在镇里的五金商店上班，有了自己的工资。他特意领着我和三弟、四弟在镇上的小饭店花十五元钱吃了顿不错的饭。哥哥说："等你回来，最好也能找个好工作，挣工资。可惜咱家不是城镇户口，要不你复员回来，也许会分配个不错的工作呢。现在咱们县里最好的工作是在油田上班。我说："我知道的。"我的心中不知为什么感到很不是滋味。是呀，复员回来做什么呢？哥哥能被安排到镇里工作，已经是件很不容易的事情了。可自己回来会做什么呢？也找生产队要块地，扣大棚种蔬菜吗？自己还去不去找六姐呢？她可是有正式工作的老师啊。她不给我来信，不和我联系，是不是也是因为这个？她会和一个菜农结婚吗？还有欧阳小春，这个大学生还会认我这个同学吗？难道人总是会伴随着环境的改变而改变吗？

"哥，我想回七家村去看看。"

哥哥迟疑了一下，说："回那里做什么？那里又没有咱家亲戚。"

"你是不是想看六姐啊？"三弟叫道。哥哥立即瞪了他一眼，三弟吐了吐舌头。

我的脸"腾"地一下子红了。

"算了，你找她做什么？"哥哥说："她不是一个好女人的。她要变成'鬼媳妇'了！"

"怎么了？！什么'鬼媳妇'？！"我惊愕地看着哥哥。

"在你走的第二年的7月，六姐在没有结婚的情况下，就生下了一个孩子，被学校给开除了。郝大伯怎样打六姐骂六姐，六姐都不说是谁的孩子，他就要摔死那个孽种。后来还是咱爸爸去帮着协调，那个孩子才没有被摔死。郝大伯气疯了，就将六姐锁在屋子里，把孩子给送人了。再后来六姐从窗子偷跑了出去，疯了一样去寻找她的孩子……父亲不让我告诉你这些，怕影响你在部队的情绪。家里人都知道你对六姐很有感情。"

"六姐现在在哪里？"我的头"嗡"的一声，心里涌起一股说不出的痛楚，这痛楚直逼喉咙！

"六姐……她失踪都一年多了。郝大伯也不做支书了，每天都在四处找女儿。有人说看到六姐是坐客车走的，还有的人说六姐向大野甸子跑去了，大家都说她找那个野男人去了。其实，我想她是找孩子去了，听说那孩子是被一对夫妻抱走的……"

我的眼前立即浮现出雨中黑伞下那个略显驼背的身影，那不是郝大伯还能是谁呢？

"'鬼媳妇'？为什么说六姐要变成'鬼媳妇'？'鬼媳妇'又是什么意思？"我急切地注视着哥哥。

哥哥说："我也是听别人讲的，我也不知道'鬼媳妇'是什么意思，有时间的话，你问问咱爸吧。"

从饭馆出来的时候，天近暮色。走在回村的路上，我的心里如一团乱麻在翻滚，腹中抓心挠肝般难受。我真想独自找个没人的地方先大哭一场。六姐啊，你怎么会有这样的结果呢？六姐啊，你现在哪里呢？那个无辜可怜的孩子是怎么回事？这个孩子难道是……冷冷的汗水从我的脸颊上流淌下来。

"鬼媳妇"？"鬼媳妇？"美丽善良的六姐怎么会变成那可怕的"鬼媳妇"？不会的，不会的。这个念头让我害怕，让我心里更加难过。我悄悄擦去汗水，不想让哥哥、弟弟看到我的样子。哥哥说你怎么了？脸儿都白了。三弟学着电影《林海雪原》里的对白说："是防冷涂的蜡吧！"四弟说："那才不是呢，二哥是在城里待的。"他们大笑起来。我勉强笑了笑，说："哥、弟，你们先回家吧，我想独自走走，看看咱家这里的夜景。"四弟想和我一起去，我说："我想自己走走。"

我顺着新铺的柏油马路向前走着，双脚是那样无力和轻软。这条路对于我是那样陌生。黝黑的柏油路覆盖了这条曾经让我怀念的凹凸不平的沙石路，记载了那些让我喜让我悲的日子。天空中的月亮黄黄的，在薄薄的白云间只露出了半个脸来。凉爽的夜风吹过，让我的精神为之一阵。我开始拼命顺着大路奔跑起来，两边的白杨树林在我身边闪过。我的泪水终于流下来了，与汗水一并向下流淌着。我不想去擦，任凭泪水与汗水肆意飞溅。

终于，我停在了路旁，停在了通往七家村的那条土路旁。远远地，在朦朦胧胧的土沙丘的掩映下，小村里亮着一处处光芒，那是各家各户的窗子。我开始一步步走去，路很是泥泞，我的鞋子上粘了很多泥土。过了土沙丘，就看到村口的老槐树了。老槐树孤独地立在那里，恍然间，我感觉树的下面竖着一个人的影子，是你吗，六姐？我拼命跑了过去，可是，到了近前，只有老槐树，没有六姐。我向村里看去，家家户户窗内的光芒更亮了，竟让我眩晕，一种百感交集不可名状的滋味涌上我的心头。六姐，我怎样才可以找到你、见到你呀？我的泪水再次滑落。

我顺着村路向里走去，走向郝大伯的家。

在郝大伯家的不远处，我站住了。我不敢走近郝大伯的家门。

我的心中充满了恐惧，就如六姐的失踪都是我一手造成的一样。都是我做了不该做的事情，是我伤害了他们一家人！我是罪魁祸首！我怕见到郝大伯，我更怕见到吴大夫。我只是静静地凝望着那亮着灯光的窗子。

突然，屋门开了，一个身影走了出来，是吴大夫！吓得我身子往墙角一靠。就听吴大夫说："进屋吧，都这么晚了。"那声音无力而虚弱。我险些叫出声来，吴大夫怎么会知道我来了呢？正当我要奔过去的时候，我看到了另一个身影站了起来。是郝大伯！他原来一直蹲在自家的窗户下！我居然没有看到他！郝大伯"咳咳"地咳嗽了两声，缓慢地和吴大夫走进了屋子。那略显驼背的身躯似乎在摇晃。

门，轻轻关上了。

3

我静静地走进院子，走向屋门。我要向大伯大娘说明一切，告诉他们一切。告诉他们我和六姐的关系！可是，我的心中又是那样恐慌，这种恐慌来自哪里呢？我站立在门前，几次要去敲门的手最后都无力地落下了。我看到了自己的衣袖，我看到了自己的军装。假如现在告诉他们一切，六姐知道后一定会更伤心！她是为了我才忍辱负重离去的，她的苦心只有我才会明白！可、可自己是不是太自私了呢？太懦弱了呢？难道一切都如自己想象的那样吗？雨歌呀雨歌，你是不是在给自己找理由呢？

"明天就不要去客运站了好吗？天气预报说这几天都有大雨

呢。"是吴大夫的声音。

"去,要去的。兴许什么时候就能看到咱六丫从车上下来呢。还有那孩子……我当时怎么那样浑啊!怎么说那都是咱的外孙女啊……"

"是你,是你非要送人的……你咋那么狠心啊……"吴大夫哭出了声。

"有了那个孩子,咱那六丫还咋活着啊?挺大的姑娘不听话,谁给介绍对象都不同意,可她不声不响地生了一个孩子出来……你说让我这当书记的老脸往哪里搁!要是在从前……孩子非变成'鬼媳妇'不可……"

"哼,现在都什么年代了,你咋还比我还迷信呢?不对!是报应!报应!谁让你年轻的时候总……现在好了,六丫和外孙女都没影儿一年多了。你现在的老脸就有地方搁了,对吧?"

"是我一时冲动啊!我的外孙女也不见了呀……那两口子也许是他妈的人贩子,说是前屯五十里铺子的,我去找了,根本没有这两口子的踪影!现在想想,是我的糊涂,都是我的错啊!哪天六丫真的回来的话,她一辈子都不会原谅我的……"

"什么?你怎么今天才跟我说这些?死老鬼啊死老鬼!你啊……假如外孙女在我们身边的话,现在应该都快会叫你姥爷了呀……六丫的命咋这么苦呢?"

"你、你别说了老婆子……我啊……"

屋里老夫妻俩哭成了一团。

我靠着门框,捂住了自己的嘴巴,尽力不让自己哭出声。大伯!大娘!原谅我,原谅我现在不能去见你们,不能和你们说我知道的一切。我现在是身不由己啊，等着我，六姐，等着我，还有不到一年的时间，我会回来，我会回来做我应该做的一切！

我转回身子，走出村口，疾步向破庙方向走去。我要去破庙看看，我要去鬼火坟地看看！一时间，我什么都不在乎了。甚至感到自己以前对鬼火坟地的恐惧可笑！

破庙还在，只是更加残破了。没有了窗子的窗口，就如没有了牙齿的嘴巴。借着夜色，我看到庙内的土炕已经坍塌了，地面上堆积着很多枯败的杂草和砖瓦片子。

我出了破庙，一步步走向鬼火坟地。

坟地里一座座坟头在夜色里灰蒙蒙连成一片。上面布满杂草。有的地方会凹下去，出现一个个坟坑，那是被移出棺材留下来的，棺材都移到东岗子坟地去了。这里留下的，大多是些无家人照料的孤坟。

我站在坟地的中间位置，四处搜寻着："'鬼媳妇'！你出来吧！我不怕你！我就是来招惹你来了！你到底是什么？你快出来！你出来告诉我！"泪水再次模糊了我的眼睛。"知道吗？我没有看到过你出现，所以我不再相信有什么'鬼媳妇'了！"我的话音刚落，我的眼前就仿佛有一个白色的影子闪了过去……是我眼花了吗？我向前奔跑过去，脚下一沉，跌倒了，我立即爬了起来，四处找寻着。没有人理睬我，更没有所谓的"鬼媳妇"出现。我不知道自己是怎样走出坟地的，又是怎样走上村道、走到柏油路上的。我只感觉自己的腿在动，双脚就如失去了知觉似的，麻木而僵硬。

两道白亮的光芒从我的身后直刺过来，我回头看去，一辆汽车从我身边驶过，稳稳地停到了我的前方。借着车尾灯的光线，我看到了"G"打头白底红字的公安车牌，是一辆212吉普车。

父亲从前座打开车门冲我喊道："你不回家跑这里溜达什么啊？快上车！"

我忙擦了擦脸，跑向了吉普车。

坐到了父亲的身后，我忽然感到心中踏实了很多。与我一起坐在后座上的还有两名警察，父亲介绍说："这是你周叔和李叔。"他们都点头示意向我问好，我便忙叫了两声"叔叔好"。

在父亲眼里，我永远是个孩子。在父亲的身边，我也永远都长不大。我知道我的个性，我对父亲的依赖性是从小就养成的。可我能对父亲说什么呢？我真想告诉他一切，让他去帮我找回六姐，甚至还有那个可能是他孙女的可怜的孩子……父亲知道后会怎么样呢？我不敢想象会是什么样的后果！父亲曾一再嘱咐我，让我能留到部队里，最好能考上军校，成为一名军官。那是父亲的心愿啊。他总是叨咕，自己的四个儿子怎么就出不了一个大学生呢？好在三弟和四弟现在学习成绩很不错。

父亲没有再问我什么，只是点燃了一支香烟。车子将我和父亲送到了村口，就被父亲打发走了。父亲说："走，咱爷俩儿一起走走，唠唠嗑。"

我说："爸，您为什么这么晚才回来？"其实这句话是父亲该问我的。

父亲说："这几天有人报案，说七家村夜里闹鬼，所以才晚上出来看看的。"

"闹鬼？"我怔了下。

"是的，就是发生在七家村。好多村民都来报案，说半夜里听到女人的哭喊声和野狼的嚎叫声。开始是在野外，后来就进到村里了。可是大家出来的时候，却什么都没有发现。我倒是不相信什么鬼神儿的，但是这件事情却让人感觉很奇怪呢。"父亲说。

"您听到了那女人的哭叫和狼嚎的声音了吗？是'鬼媳妇'出现了？"我问。

父亲看了我一眼，笑了笑，说："什么'鬼媳妇'出现？你都听谁胡说的？那些都是封建迷信你知道吗？你呀，你的任务就是好好在部队服役，争取留在部队工作。别去想那些与你丝毫没有关系的事情。"

然后，父亲就沉默了。我听父亲的语气严肃，就把到了嘴边的话给咽了回去。只是快到家时，父亲突然对我说："斜楞出狱了。"

第十章　院墙

　　斜楞出狱了，斜楞？这个消息和这个名字让我很难入睡。躺在炕上，一闭上眼睛，我的脑海里就会立即浮现出许多本来就很难遗忘的往事来。这个让我可怜又让我憎恨的斜楞，如果没有他的无知和愚昧，我根本就不会有今天这样的悲伤！他那可怜的母亲现在怎么样了？还有带二癞子走的那个神秘的络腮胡子男人现在在哪里？二癞子到底是怎样从水井里逃脱的呢？以及破庙后凄凉的哭声、吓得孩子们奔跑的话语声、鬼媳妇、鬼火坟地等等，这些往事再次像过电影般在我脑海里闪现出来。

　　哥哥轻轻拍了拍我的头，对我耳语道："你是不是自己去了七家村？"

　　我"嗯"了一声。哥哥翻过身子，面对着我说："有件事情我想和你说说，这件事都过去很久了，我想应该告诉你一下。"

　　我说："什么事情呀，这么神秘？"

　　"在你走的第二年夏天，差不多也是在现在这个时候。有一天夜里我出去解手，突然看到一个身影在咱家门前一晃就不见了。我悄悄走过去一瞧，你猜怎么着？咱家的门边站着一个人，一个女人……"

我"呼"的一下子坐了起来，但马上被哥哥给按回了炕上。

"你起来做什么呀，你要去撒尿吗？我还没说完呢。对，是六姐。你应该猜到了。她穿着长袖的衣服，在月光下，我看到那衣服是有小碎花的衣服。你知道我为什么要和你说她穿的衣服吗？因为在这样的季节，就是夜里也不该穿那么厚的衣服呀。后来我仔细一看，才发现六姐的肚子好大呀……她就那样靠在咱家的院墙上哭呢。我偷偷看着她哭，不明白是怎么一回事，也没敢惊动她，急忙跑回屋里喊妈出来。可是等妈和我来到门外的时候，六姐却不见了。咱妈说我竟瞎撒谎，还说我睡迷糊了。并警告我不要出去乱说，那是梦！弄得我自己都糊涂了。现在回想起来，我觉得那不是梦。分析一下，我想，当时那人应该真的是六姐，六姐是想找咱妈帮助她呢，因为不久她就生了孩子……你救过六姐，六姐对你也很好，你去郝大伯家去看看也是应该的……二弟你怎么不说话呀？睡着了吗？你昨天都睡了那么长时间了，怎么还这么贪睡呀，也不和哥聊聊……"

我用被子死死地蒙住了自己的头，泪水再一次流了下来，我真的恨自己，为什么这样软弱，这样喜欢哭，还偷偷地哭。还男子汉呢！我的眼前仿佛出现了黑夜里独自靠在院墙上哭泣的六姐，她的样子是那样无助和凄凉。她多么需要帮助啊！她来到我家是为了什么？她是想走进我的家门，寻求我家人的帮助，或者说是保护她。因为她孕育了这个家的孩子啊！她深爱着这个家里的一个男人！可是这个男人呢，这个男人当时在做什么？还在含糊其词地给家里写着信，脑子里还竟装着很多无知而幼稚的想法！六姐，我可怜的六姐，你现在在何方？怎样才能找到你啊？！六姐答应过我的，等我回来，就告诉我什么是"鬼媳妇"，为什么谁都不告诉我什么是"鬼媳妇"呀？可是，六姐，你现在在哪里呢？不行，明天我一定要向父母把一切都说出来！

还有一个疑问在不停地侵扰着我的心，让我百思不得其解，六姐为什么不给我回信？为什么？难道她没有收到我给她的信吗？她根本不知道我的通信地址？还是有其他什么原因呢？

不知道过了多长时间，在不知不觉中，我沉沉地睡去了。

我闻到一股淡淡的香气，这香气让我沉醉，让我着迷。我在这香气中慢慢醒来。

"这孩子自回来后，就是喜欢睡觉。看，这都快上午十点了，还在睡呢。一定是他昨夜出去玩得太晚的缘故。"是母亲的声音。

可我睁开眼睛看到的，并不是母亲。而是一张白白的小脸正近近地对着我，仿佛都要贴到我的脸上了。忽然，小脸向上一移，一只嫩嫩的滑滑的小手就落在了我的腮帮子上，并轻轻掐了一下。我努力适应了一下明亮的白日光线，勉强挤出一丝笑容，说："欧阳小春，是你呀，你怎么来了？"

"哼，你回来也不通知一声，要不我还会去车站接你呢。活该你被大雨淋！"春子用两只小手在我的脸上又拍了拍，"咯咯"笑了起来。

"能回避一下吗？哥哥要起床了。"我说。我只穿了一个军用裤头。

穿衣服的时候，我就在想，难道女人都有香气？很久之后我才知道，世界上还有一种东西，叫香水。可我坚信，六姐身上的香气绝不是香水发出来的这种气味，那是一种很清新很自然的香气！有很长一段时间，我对女人的香水味特别敏感。

春子的个头不算太高，也不算太矮，是那种看上去很苗条很可爱的女孩子。她头上的发丝又黑又亮，一套白色的连衣裙穿在她的身上更显靓丽迷人。我观察着她，欣赏着她，找寻着她儿时的影子，她那双明亮的双眸依然荡漾着调皮的微波，让我感到熟悉，让我倍感亲切。

"你的变化可真大，假如我在街上遇到你，也许我们会擦肩而过呢。"我说。

"我不会的，我会一下子就把你认出来！你信吗？"春子很认真地说。

我说我信。

在春子滔滔不绝的介绍她大学生活的时候，母亲把饭菜都端上来了。我一看，竟是玉米面大饼子！我说："妈我还真的想吃您做的大饼子呢。"母亲说："去，这是小春要吃的，我才现做的呢。你吃了那么多年还吃不够呀？"

春子就又"咯咯"笑起来说："大娘，我这个暑假会常来的，我可喜欢吃您做的玉米面饼子啦。到时候，您可别烦呀！"

母亲说："哪会烦你呀，请都请不到你呢。再说，我还怕你嫌弃我们家呢。"

母亲的话让我感觉似乎在暗示着什么，这让我心里很不得劲儿。就插嘴说："妈，我爸爸和我兄弟们呢？"

"上班的上班，上学的上学，今天又不是星期天。现在就你们两个清闲呢。"母亲笑着说。

不过，看着春子香甜地吃着玉米面饼子和炖白菜的样子，真的让我很感动。

春子咽下一口玉米面饼子说："雨歌，我今年年底就毕业了。我不想听我爸爸的，他让我留在北京工作，我的愿望是想回咱家这儿上班，到油田工作。油田正在飞速发展和壮大，很需要大学生呢。对了，你是不是也快复员了？"

我说："是的，不到一年的时间了。"

春子笑了，又说："等你复员回来的时候，最好也能分到油田来工作。听我爸讲，油田管理局每年都会接收大批的复员军人来工作的。到时候，我们在一起工作该有多好啊。等分配的时候，我找我老爸帮忙，老爸现在是第七钻井公司的党委副书记了，副处级呢。"

我苦笑了一下，没有言语。我心里空落落的，不知道是什么滋味。本想今早和母亲说明一切的，却又一下子蹦出了个欧阳小春。她的出现，一下子搅乱了我的思绪。这件事情假如让欧阳小春知道后会怎么想？会怎样看我？真的难以想象。我又怎么说出口呢？我毕竟还是个一无所有的二十出头的年轻人啊！何况我现在还是一个现役军人！

从家出来的时候，我想换一下便装，可是春子不让。她说："我特喜欢看你穿军装的样子，再说，我还想让我妈妈看看你穿军装的样子呢。"

是她非要带我去她家看看。母亲说："你也应该去看看你欧阳叔叔和春子她娘。"

可是我真的不想去他们家，因为我还有很重要的事情要去办呢。那是我吃早饭的时候酝酿的一个计划。

春子的小手很自然地就拉住了我的手，让我感觉极不自在，想把手抽出来，又觉得会让春子难堪，只好硬着头皮任她牵着走。那好闻的香气在我身边环绕着，让我有些不安。

"你现在住在什么地方？"我问。

"在月牙街三十三栋，不远的。"

我知道月牙街，这条街地处县里最繁华的地段，住在那里的人都是这个县城里有头有脸的人物。参军前，我曾和兄弟们去溜达过一回。看着那一排排整齐的红砖大瓦房，我就想，里面会是什么样子呢？会有各式各样的新家具吗？会有画着彩花的暖瓶和做饭的灶台吗？他们是不是也喜欢吃玉米面饼子呢？

谦和村离县城的月牙街差不多有六里多的路程。

"对了，今早你是怎么来我家的？"我问。

"是我爸的车给我送来的。早晨我去他单位玩，就从他单位直接过来了。那车是我爸的专车。"春子有些自豪地说，随后又加了一句，"和你爸爸的车一样，也是吉普车呢。"

我下意识地看了春子一眼。

我们就这样走着，引来很多路人的目光，让我很不自在。天空中飘浮着大块大块的云朵，时而遮蔽了阳光，时而又明媚灿烂，就如我此刻的心情。在不知不觉中，我们已经出了村道，进入到城区了。谦和镇紧挨着谦和县，就像谦和县的一个街道。

临近中午，街上人群涌动，车流不息。这是我探亲归来第一次正式在县里大街上溜达。看着眼前的这一切，我竟不自觉地和部队所在的边城比较起来。家乡的县城的确变化了很多，每每看到任何改变之处都会让我感动和自豪。我的脑海中不自觉地浮现出了六姐在黑板上画的那幅美丽的山水画来。是呀，谁不希望自己的家乡越变越好呢？想到了六姐，我深深地叹了口气。

"雨歌，你是不是有什么心事？我猜像这样沉重的叹气可不是小事。"春子用奇怪的眼神瞄着我。

"哦，没什么，只是离家久了，有了些感触而已。"我把头转向了另一边，不想让她看到我此刻的表情。

"我猜你一定是在想等复员回来后，会不会在油田工作这件事情吧，我不是和你说了吗？到时候，我会让我老爸帮忙的……"

我没有理睬她的话，此刻，我的心里猛地一紧，手竟在瞬间狠狠攥了一下春子的手。我看到了一个人！

这人正在人群中闲逛，炎热的夏季里，他仍穿着蓝色的粗布上衣和有些陈旧的绿色军裤。破烂的草帽下是一张苍老黝黑的面孔，黑白掺杂的胡须已经很长时间没有刮过了，一双浑浊的眼睛在不停地寻觅着什么。郝大伯，您那挺拔魁梧的身板儿哪去了？您那严肃庄重的表情哪去了？您那到什么时候都整洁的衣装和很有派头的气质都哪去了？

"那是、那是郝大伯呀！"春子拉着发呆的我奔了过去。

郝大伯仔细端详了我们俩很久才认出了我，但没有记起春子。

"雨歌，是你呀雨歌。"郝大伯的眼里闪现出了一丝亮光。

"是我呀，大伯，是我……这是春子……曾经也是六姐的学生……"我不知道自己该说些什么。

"大伯您怎么成……您来县里办事吗？"春子惊异地看着郝大伯说。

"我……我是来找人……办事的。"郝大伯迟疑了一下，说道。

"您吃饭了吗？"我看着郝大伯的脸问。

"哦，还没呢，我这不正想找个地儿将就一口，还有很要紧的事情要办呢。"郝大伯勉强笑了笑。

"走，您跟我来！"也不管郝大伯愿不愿意，我拉起郝大伯就走。

"去哪里？我真的还有很要紧的事情要办呢！"郝大伯很不情愿的样子。

春子也说："走吧大伯，不会耽搁您太多时间的。"

在饭馆坐下后，郝大伯垂着头，显得很不自在。我说："大伯您说想吃什么，您尽管说。"

郝大伯抬头瞄了一下四周，说："将就一口就好，就来碗米饭，再来一盘土豆丝吧。"我听了泪水险些落下来，忙拿了菜单过来，凭着记忆，点了四个郝大伯以前喜欢吃的菜。春子还不依，又加了两个炒的肉菜。郝大伯说，不要点那么多呀。春子说："还有我们呢，我们还没有吃呢。"

看着郝大伯喝着高粱酒，不时地品味着酒的模样，我想郝大伯也许好久没有喝酒了。

"你们怎么不吃呢？"郝大伯突然抬起头来看我和春子。春子说："大伯，其实我们吃过了，就是想让您多吃点儿。对了，郝老师现在还在七家村小学教书吗？"

此语一出，我的心里一凉，我知道郝大伯这顿饭是吃不下去了。

郝大伯放下了酒杯和筷子，颓废地坐在那里。

春子看看郝大伯，又看看我，目光中充满了疑惑。

"我得走了，我有很要紧的事情要办呢。"郝大伯起身就奔门口走去。

"大伯，您别走。"可是郝大伯就如没有听见一般，推开了饭馆的门。我忙站起来，追了过去。

在街道拐角处，我追上了郝大伯。

我从口袋里取出一沓钱，那是我积攒的一百元钱。

"你这是做什么？大伯不缺钱。"郝大伯低声说。

"大伯，您收下这点儿钱，您会用得着的。我……我求您一定要收下啊！"我甚至是带着哭腔在说，同时硬把钱塞进了郝大伯的口袋中。郝大伯还要往出掏，看到春子跑过来，就罢了手。春子将手中的几个塑料袋递到郝大伯的手中，说："您怎么这么着急呀？还没有吃完呢。我给您都用袋子装好了，您拿回家吃。"

看着郝大伯走向客运站的背影，春子说郝老师怎么了，难道她出了什么事情不成？

我想了想，说："郝老师离家出走一年多了，大伯一直在寻找她。"

"哦，原来是这样呀。可是郝老师为什么要离家出走呢？"

"因为……因为郝老师爱上了一个男人，没有和那个男人结婚就生下了一个孩子。郝大伯把孩子送人了……郝老师就跑出来寻找孩子……结果郝老师也失踪了……"

"可、可那个男人呢？那个男人是谁？为什么不去找那个男人？那个男人怎么不出现？"

"我……我怎么会知道那个男人是谁？我刚从部队回来，也是……才听说的。"

"那个浑蛋男人是谁？那个不负责任的男人是谁？应该找到他，至少给他两个耳光！"春子的脸色通红，很气愤的样子，"郝老师是个多好的老师啊，她对我们多好呀。我现在还保留着她给我们买的图画笔和图画本呢，那是咱们儿时收到的最好的礼物！"

我擦了擦眼睛，说："有风吹过，吹了什么东西到我的眼睛里了。"

春子说："要紧吗？我来帮你吹吹。"

我说："没事儿。我想利用这几天休假的时间，帮助郝大伯四处去找找郝老师，也许不会再陪你逛街了。毕竟……毕竟她曾经是我们的老师啊。"

　　春子说："好呀，应该的呀！正好这段时间我也没有什么事情可做，在家里很清闲，我能和你一起去找郝老师吗？"

　　我假装没有没有听到她的话，步子加快了许多。

　　春子快跑了几步，跟了上来。

第十一章　找寻

月牙街到了，这个充满神秘感的月牙街到了。那一排排整齐的红砖大瓦房早已不见了踪影，取而代之的则是一排排整齐的楼房，临街的一楼都已开了商店。这里现在已经变成县城中的一条主街了。在楼区的中间位置，有一大块空地，整齐地排列着三排一楼一底的二层小楼。

春子说："这块地被油田买下了，高楼住宅是给年轻职工住的，这一楼一底独门独院的小楼是给领导和退休老职工住的。现在油田职工的待遇很好，住的是免费的楼房，还有烧的液化气也是免费供应的。油田各单位的福利待遇都搞得特别好，总分大米、豆油什么的。对了，每个月还给每个职工分两只小鸡呢。不像从前那样艰苦了。"

我说："在我的印象中，油田的工作是很苦很累的，有句顺口溜儿我现在还记得呢。"

"什么呀？快说给我听听！"春子眼里闪着亮光说。

我说："远看像逃难的，近看像要饭的，上去一问才知道是油田打钻的！"

"哈哈，你可真逗呀。我怎么没有听说过呢？不过，以前听爸爸讲过，说以前的石油工人找对象都不好找，城里的姑娘都不愿意嫁给油田人做媳妇，怕辛苦，所以不少农村女人都与油田工人成了家。现在好了，那些嫁给油田工人的农村女人可享福了，要比这城里的女人早住上楼房呢。所以，现在城里女孩儿的目标就是嫁给一个在油田上班的油田人呢。油田发展得很快！"

我说："你也别太片面了，谁说城里的女孩儿都喜欢嫁给油田人？那我们县城的小伙子不就都说不上媳妇了吗？我也没有看到我们县城的哪个小伙子打光棍儿。"我只是对春子的话有些不服气，其实我哪知道城里的小伙子和姑娘是怎么想的呢。

说话间，我们停在一户二层小楼前。春子按了按门铃，见没有人出来开门，就取出钥匙开了铁制的黑色大门，带我走了进去。五米见方的小院里种了很多不知名字的花草，四周飘荡着一股清新的气息。

楼房里没人。春子抬手腕看看表说："这个时间妈妈应该在的呀，大概是买菜去了。"

这是我长这么大，第一次步入月牙街的住宅。虽然不是那红砖大瓦房，但是这要比红砖大瓦房更让我感到新奇和激动。春子给我找了拖鞋，然后就开始带我参观房间。一楼是客厅和厨房，客厅与厨房只用四扇窗子隔着，二楼是两间宽敞的卧室。春子说："你看看我的房间怎么样？"

春子的房间里飘荡着好闻的香水味，红漆的木床上铺着淡黄色的床单，绣花的小被褥折叠得整整齐齐，好多布娃娃和动物玩具被零散地堆放在窗台上、角落里，地板上铺着鲜红色的地毯，踩上去是那样柔软。我不知道自己该站在哪里，又该坐在哪里。春子说："雨歌你坐呀。"她竟把我推坐在她的小床上，这让我突然之间涨红了脸，很不自然地坐在那里，一动都不敢动。春子"咯咯"笑起来，说："你脸红什么呀？"

这里的一切给我的感觉是那样陌生，那样让我不知所措，那样让我可望而不可即。我想起了我们兄弟四个儿时挤在一起睡觉的那铺小炕来了。那时家里的被子少，兄弟两个要同盖一条被子。这些情景浮现在眼前，瞬间，一种别样的滋味也涌上了我的心头。我说："春子，你真的很幸福。"

春子说："这算什么，你以后也会住上自己的楼房，会有自己的房间，会拥有自己想要的一切的。"

我苦笑了一下，没有说话。心中突然下了一个决心。

这个决心就是，我不想报考军校了。虽然这样会很伤父亲的心，父亲曾给我往部队里邮寄了很复习材料。部队领导已经批准我在休假归队后去教导大队集训，去教导大队集训就意味着之后可以去上军校。当时部队里要求，只有干满二年整，三年头的老兵才允许报考军事院校。团政治处的苏主任知道我报考军校的消息后，还曾经亲自坐车来连里看我，操着河南口音对我说："小伙子，等你军校毕业后，我们政治处第一个要你，处里宣传口儿正缺少个能写材料的干事呢！”弄得连里指导员对我刮目相看了好些日子。可是，我真的改变主意了，是的，我要回来，就是扣大棚种蔬菜，我也要回来！我要找到六姐，找到孩子，三口人在一起，能有个像七家村那样的小房就足够了，过我所希望的幸福的生活。什么人有什么样的命，也许我就只有这样的命呢。可是，哪里知道，等我回到部队后不久，就收到了一个改变我一生命运的消息。这个消息，确实改变了我一生的命运。

楼下传来了开门的声音，我和春子立即下了楼梯，迎了出去。

"婶儿，是您回来了。"

春子娘的模样还是那样年轻，面色白白的，只是体形要比从前胖了很多。记得小时候，我去过春子家几次，春子娘给我的印象是消瘦的，一副文静的样子。

"你是小雨歌！瞧，这些年不见你，都长成帅气的小伙子了。"

"妈，您看他戴上大檐帽更精神呢！"春子将我的军帽扣到了我的头上，让我感觉更不好意思。

春子娘将手中的蔬菜拿进厨房，回头对我说："婶给你做几个好菜，让你尝尝婶的手艺。小春，你陪你雨歌哥哥唠嗑。"然后就开始忙活起来。

我说："婶，您不要忙了，我还不饿呢。再说我还有事，坐一会儿就走的。"

"什么呀，走什么呀走。"春子有些恼怒了。

"那可不行啊雨歌，这么多年没有见你，你又从部队回来专程来看我和你叔……对了，你欧阳叔叔还没有看到你呢。"春子娘从厨房里走了出来。

我只好又坐回了沙发上了，心里有种慌慌的感觉，真的想立即就走出去，去办自己的事情。还有，这里的一切都让我感到有些莫名其妙的不安。

"我妈现在是我爸所在公司下属的燃料大队的政工组组长，燃料大队就在家属楼的附近，所以我妈每天中午都回来的。"春子说，"雨歌，我记得小的时候，你的作文写得非常好。现在还写吗？"

我说："现在改写新闻报道和文学作品了。"

"是吗？那很好呀。"春子娘一直在听我和春子的谈话，就在厨房里插嘴说，"我们政工组主要的工作就是采写生产类的新闻报道稿件和写总结汇报材料，油田有《石油生产报》，每年都给各公司分配宣传报道任务。你复员回来后假如能到油田工作的话，会很受欢迎，各单位都缺能写的人呢。对了，你入党了吗？"

我说自己是预备党员，明年这个时候转正。

"好呀，你在部队干得不错。"春子娘说。同时，炒菜声叮当作响，好闻的菜香飘了过来。

3

桌子上很快就摆满了香喷喷的各种菜肴，有几盘菜我甚至都叫不上名字来，只是看着就很好吃。但是我没什么食欲，机械地吃着他们娘俩儿给我夹的菜，味同嚼蜡。

"可惜你叔今天没回来，要不他会很高兴地和你喝上几口的。可……你自己怎么不喝呢？到婶家要是还见外可是不对的呀。"春子娘指着一瓶瓷装的系着红丝绸条条的高档酒说。

我说："我不会喝酒，在您家我不会见外的。可我记得欧阳叔叔喜欢喝大高粱酒来着。"

"那是从前，现在我爸爸他呀，早就不喝那种低档次的酒了。"春子说。

我愣了几秒，大高粱酒难道还不算好酒吗？

这时，门铃响了。春子跑去开门，边跑边说："我就知道爸爸会回来的。"

可是她却噘着小嘴走了回来，后面跟着个小胖子，黑黑胖胖的一张小脸上还戴着一副近视镜。这小子见我就点头哈腰地过来和我握手，说："您一定是雨歌大哥吧，您可是小春同学的偶像啊，现在见到您了，认识了，您也就是我偶像了。小春总给我讲您小时候的英雄事迹。"然后这小子也不客气，坐下来就开吃。看来他与这个家的关系不一般呢。

"这是小春在北京读书的同学，家也是咱们这里的，叫莫志。"春子娘说。然后又对莫志说："你爸爸还没有回来吗？"

莫志说："谁知道呢，放假到现在，我才见过他三回，哼！他净想着他的钻井队，心里哪里有我这个儿子啊！"

春子说："你个'墨汁'，老跑我们家来蹭饭。"

春子娘瞪了春子一眼。

好在莫志并不在乎，只拼命地往嘴里忙活。后来我才知道，莫志七岁的时候，他娘就病死了。

不过我也想叫他'墨汁'呢。听着很像他这个人给人的感觉，黑黑的。

饭后，春子娘让春子收拾一下饭桌，就急匆匆上班走了。春子把这项艰巨的任务交给了莫志。莫志白了我一眼，很不情愿地去了厨房。

"我们什么时候动身呢？"春子说。

"去做什么……哦，我想下午就去。可是路很远呢。"我险些忘记了春子想和我一起去寻找六姐这件事情了。我本来想自己一个人去找六姐，没想到春子竟很认真。

"去哪里呀？我也去！"莫志在厨房里喊道。

"哪有你什么事情啊？洗你的碗吧！"春子大声喊道。

"雨歌不是说路很远吗？我可以搞到车的。212吉普车呢！"莫志也大声说，不过声音还是有些底气不足。

莫志真的把车子开过来了。一辆破旧的212吉普车。

"你是从哪个垃圾站里开出来的啊？"春子说。

"垃圾站哪有啊，这是从运输大队修理所仓库借到的，所长跟咱爸爸一样，都是南方老乡呢。"

"什么呀，谁和你'咱爸爸'？你给我滚一边去。"春子气哼哼地说。

莫志哈哈大笑起来。

上了车子，顿觉热气扑面。

"莫志，你会开车？"我问。

"他呀，尽会瞎鼓捣这些玩意儿。"春子瞟了一眼莫志。

莫志说："我从小在钻井队长大，什么样的机械我都敢鼓捣。四轮子、东方红拖拉机、解放大板儿我都开过。别看这车外形破，其实内部被我倒腾得像新车一样。车里是不是很热？等车开起来就凉快了。我们去哪儿？"

"五十里铺子。"我说。

"好嘞!"莫志大叫了一声。

北方夏天的午后很不好过,闷热得让人发慌。刚刚坐上车子,我就感觉特别疲倦。头脑中昏昏沉沉的,想睡觉。我努力让自己振作起来,透过车窗向外看去,街道上的行人不是很多,有不少人都在楼下的阴凉处呆坐着。莫志平稳地开着车子,不一会儿就驶出了城区,顺着柏油马路向前方冲去,路两侧的白杨树一闪而过。

五十里铺距七家村五十多里的路,但是从城里走,就有六十多里的路程。我计算了一下时间,吉普车大约需要一个多小时的时间才能到达那里。我心里明白,去五十里铺子又有什么用呢?难道六姐真的会在那里等着我不成?但是,我的心却像长了草一般,就是没有吉普车,我都会走着去的。

不知不觉中,我竟靠着座椅睡着了。可能是我这几天都没有休息好的缘故。

恍惚中,我看到六姐怀里抱着一个婴儿站在五十里铺子的村口,面露微笑地向我们的车走来……六姐!六姐!可是莫志这小子竟不停车,直直地冲向了六姐。六姐惊恐地后退着,她的头竟"呼"地燃烧起来……我大喊着:"停车啊莫志!停车!"我一下子向前扑了过去,头"砰"的一声顶在了挡风玻璃上,很痛。我一下子从梦中惊醒了。

莫志真的在急刹车。"你他妈的会不会开车啊?"莫志伸出头去大喊。

从右侧的土道上突然冲出一辆崭新的 212 吉普车，若不是莫志机灵，急踩刹车，两辆车就撞到一起了。那辆车也停顿了一下，然后旁若无人地一加油门，转了一个方向，向我们来的方向开去了。我忙回头用目光追着这辆车看去，想看得更仔细些，但是却什么都看不清楚了。

但在刚才会车的一瞬间，我看到了一张熟悉得不能再熟悉的面孔出现在副驾驶的位置上，这张面孔就是化成灰我想我都会把他辨认出来！他是斜楞！这家伙嘴里还叼着一支香烟，一副踌躇满志的模样。他去五十里铺做什么？那崭新的 212 吉普车又是谁的？在我的印象中，领导都喜欢坐在副驾驶的位置上，斜楞又算什么领导？他是什么东西？我只知道他是一个强奸未遂的犯人！

车子拐下了那辆崭新的 212 吉普车刚拐出来的那条土路，车身开始颠簸起来。刚才这一小觉让我清醒了不少。只是这个梦让我恐惧，六姐的头为什么会燃烧起来呢？"鬼媳妇"？！我的心里"咯噔"一下！

土路两边都是一片片绿油油的稻田地。前面不远处出现了一个村落的轮廓。

在村口处，我们三人下了车。村道上不少地方积存着雨水，莫志说要是再向前开，车轮肯定会陷进去出不来。

太阳烘烤着大地和村落，似乎一切都被笼罩在一个蒸笼里似的。此时，正是村民睡午觉的时间，村道上看不到几个人影。就连四处乱窜的野狗也都吐着长长的舌头，喘着粗气躲到了阴凉处；几只老母鸡在潮湿的小土坑里不停地抖擞着翅膀。一个光着上身的老者坐在一棵老柳树下的竹椅上，手中不停地扇着大蒲扇，我们径直向他走了过去。

"大伯，您好。我能向您打听一些事情吗？"

老者停了扇子，看看我们三人，又看看停在村口的吉普车，目光中闪现出疑惑。

"什么事情？说吧。反正今天也睡不好觉了，总有人打扰我来问事情的。"老者很不耐烦的样子。

"大概在一年前的这个时候，你们村子里是不是有一对夫妻收养了一个婴儿？"我赔着笑脸问。

"没有的事情，我们村子里的女人自己都能生养，谁会收养别人的孩子？今天这是怎么了？都来问我这件事情。再者说，我们村里怎会出那两个玩意儿呢！竟打着我们村的旗号出去行骗。"老者有些懊恼了。

"是不是刚才有辆车来这里？车上的人也问过您这件事情？"我小心地问。

"是，是问过。一个斜楞眼来问的。真奇怪，一个斜楞眼还能当领导？司机叫他什么厂长呢。一点儿礼貌都不懂，我睡得正香，就把我扒拉醒了……我告诉他们我不知道，他们还不相信，居然还拿出五十块钱来，说如果我说了实话就把钱给我，我说你们还真把我老尤头儿给看扁了，我什么时候没有说实话啊？他们刚被我给骂跑了，你们就又来问。"

第十二章　勇气

　　我的心里一阵紧张，斜楞为什么来找这个孩子？也许是想找到了孩子就会知道六姐的下落？斜楞这个浑蛋居然还在打六姐的主意！可他现在到底是一个什么身份呢？他一个罪人怎么会成为领导？还有崭新的 212 吉普车坐，这让我极为困惑！

　　"大伯，您说的那两个人是哪里人？"我听出了老者的话里有话。

　　老者仔细端详了我一阵子，说："看你是个当兵的，我想你应该是个好孩子。我家老小子也在部队呢……去年我们村里是新搬来一对夫妻，年龄都在四十岁左右，但只在我家的下屋（偏房）租住三天就不见了踪影，连房租都没有交给我，只留下了几件破烂的衣服。不过我还真的看到过他们在夜里抱了一个婴儿回来，第二天一大早他们就抱着孩子出去了，那晚婴儿的哭声整整响了大半夜，我在屋里听着心里都不好受。作孽哟，孩子兴许是饿的。第二天一大早，就有一个披头散发的女人光着脚跑进了村子，见了人就跪下磕头，说行行好，把孩子还给她……我知道后，立即告诉她那对夫妻走的方向……我哪里知道这对夫妻这一走还真的就不回来了呢。"

我说："春子，莫志，你俩再问问其他情况，我去找个地方方便一下。"

我跑到了土坯房后，再也控制不住自己的泪水，扶着后山墙哭了起来。我在心里咒骂着自己，我可怜的六姐啊，我一直都没有叫你一声"媳妇"，我知道你心里是多么想让我叫你一声啊，或者说是让我叫你一辈子媳妇！

我一定要找到你，偿还我亏欠你的一切。我对自己说：你现在哭什么哭，你个懦夫！难道你还以为你自己是个小孩子吗？

我擦干了泪水，走了回去。

"我了解了那对夫妻的情况，男的姓陈，女的姓江，名字叫什么老人也不知道。但老人告诉我，这对夫妻走的方向是去前屯的许家窝棚村。我们是不是继续向前屯找找？"春子说。我看到她的眼圈红红的，也是刚刚哭过。

我深深向老者鞠了一躬，说："大伯，谢谢您。"

我们上了车，车子继续顺着土路向前行驶着。

春子说："你呀雨歌，你要哭就在我们面前哭吧。我也觉得郝老师可怜呢。我知道你对郝老师的感情很深，但我想你作为男子汉，想哭就哭，没什么不好意思的。这说明你很重感情呢。"

莫志说："我都快哭了。你们老师的经历怎么这样凄惨，能找到她该有多好啊。我真的想见见她，最好能帮她一把。只要我能办到的，我都会义无反顾地帮。"

我把头转向了车窗外，看着土路边上那些盛开着的不知名的野花、杂草，想象着六姐疯了一样在这条路上奔跑时那种绝望无助的样子，心痛的感觉一阵比一阵剧烈。现在，我又能对他们两个说些什么呢？

土路难行，遇到有积水的低洼处，莫志便小心翼翼地缓慢驾驶。足足过了一个多小时的时间，我们才到了许家窝棚村。

我们分头进了村子，约好半个小时以后在村口见面。

等我赶回村口时，春子和莫志早已等候在那里了，看着他们一脸的茫然，我就不想再问他们什么了，我知道结果和我预想的一样。不会发现任何线索，村民们说不知道这件事，还说有一个高个子的老头儿经常来这里打听这件事情，只是最近些日子没有来而已。那是郝大伯！

2

春子说："我怎么都不相信，一个大活人和一个孩子，说消失就消失了？雨歌，我们还要不要继续向前走了？"

我抬头看了看天空，太阳正缓缓地向西边游移，就快黄昏了。不过，北方夏日的夜晚来得很迟，我真的还想继续找下去，可看到莫志直打哈欠的样子，就说："村民告诉我，前面的村子比许家窝棚村还远呢。附近就有一个钻井队在打井作业，此外再也没有什么村落了。"

"什么？钻井队？是不是7110钻井队？假如是的话，我们一定要去看看，也许那是我爸爸的钻井队呢！"莫志突然来了精神。

"你爸爸不就是 7110 钻井队的队长吗？有什么好显摆的。"春子说。

我说去看看也好，莫志是想他爸爸了。

莫志是个没妈妈的孩子。

我们下了车，各自向远方搜寻着井架的影子。

"看，在那儿呢！"顺着莫志手指的方向，我们真的看到了钻井架，只是井架的轮廓有些模糊和飘缈。

车子开始顺着纵横交错的土路向井架的方向前进。看着似乎不是很遥远的井架，可走起来却很费时，过了许久才到了近前。当看到那排列得整齐的移动板房上挂着的红色条幅，上面写着"学习'铁人'精神，努力拼搏，艰苦奋斗——7110 钻井队宣"的时候，莫志就开始欢呼了。

莫光明队长一下子就把莫志给抱了起来，儿子都这么大了，他竟还在儿子黑黑的腮帮子上亲了一大口，逗得我和春子都乐了。把莫志弄得脸通红，拿眼睛直瞄欧阳小春。莫队长对身边的经管员说："我儿子来了，今儿我也开一回小灶。你去告诉食堂，给多弄俩菜送到我的板房里，顺便告诉刘书记和杨副队长一块来整两盅。"

板房里空间有限，勉强摆放了一张桌子和几把椅子。莫队长说："井队就这么个条件，你们三个小嘎子也别见怪，尤其是小春子，你最爱挑毛病了，但这也比你爸爸他们那个时候的条件好很多了。"

春子撇撇嘴，说："好什么呀，也不弄个大点儿的板房住住，还队长呢。"

莫队长说："那得去找你爸爸欧阳书记要了！哈哈哈……"

说话间，酒菜就都端上来了。不一会儿，刘书记和杨副队长也进门坐下了。莫队长就问端菜的胖女人："陆嫂子怎么没来呢？"穿着白色制服的胖女人说陆嫂子身体不太好，在板房里休息呢。莫队长说："那算了吧，我一会去看看她。"然后就招呼大家吃菜喝酒。

杨副队长打趣说："老莫还真的很细心呢，可别关心过火了呀。"莫队长马上看了一眼莫志，就冲着杨副队长瞪起了眼睛。

身体消瘦且文质彬彬的刘书记接过话茬儿说："其实啊老莫，你早该成个家了，你常年不在家，莫志也没个人照顾照顾。"

"嘻，"莫队长说，"这么多年都过来了，还成什么家了。再说这小子还挺有出息，给我长脸，在首都读大学，也不用怎么照顾。好了，不唠这些了。来，大家喝酒。"莫志一直没有说话，只是闷着头吃菜。

莫队长要给我倒酒，我忙推托说不会。可莫队长一瞪眼睛说："小子，你还是不是男人啊？来，整一碗！"一满碗大高粱酒就递了过来。

春子伸手挡了回去，说："您要是让我哥哥喝酒那我就替他喝得了。"老莫直摇头说："丫头啊，我就拿你没有办法。"

杨副队长冲我说："你这是探家吗？等复员后还回来吗？"听他的口音，是我们谦和县人，不觉让我多了几分亲切感。

我说："是探家。现在部队有了新的规定，三年中可以探家一次。我以后一定回来，回到咱家乡来。"

"看你挺年轻的，你要不告诉我我还以为你是当了五年的老兵呢，我记得原来五年才有一次探家的机会……当然，回来就好，你看我也是在部队复员回来的，在油田工作多好啊！像我这样……"

"哼！回来后才不上井队呢，我哥哥会去机关！"春子撇撇嘴说。她的不管不顾，让二十六七岁的杨副队长一下红了脸，低头独自喝了一口酒，就不再言语了。

春子对我笑了一下，我没有说话，感觉春子有些过分了。

也许是饥饿的缘故，我觉得这里的饭菜真的很好吃，我竟一口气吃了四个白白胖胖的大馒头。

"看，这馒头是不是好吃？这是陆嫂子的手艺，我们都爱吃呢。你看你，这么着急吃饭做什么？时间大早。要不，你们在这里住一晚？我们这里还有空房间的。"刘书记说。

我看了春子一眼，见她摇头，就说："我刚回来，家里会惦记我呢，还有很多亲朋没有去看望。"

我想，春子一个女孩子在这里住是很不方便的。

夜幕已悄然降临，高高的钻井架上的照明灯闪烁着点点温红色的光芒，就如在黑夜中镶嵌着一颗颗璀璨的宝石。在一盏巨大的探照灯的照射下，钻机在轰鸣，钻工在灯光下辛勤地忙碌着。四周排列整齐的板房里也亮起了柔和的灯光，不时有人影在里面晃动。我忽然想，如果自己能在这里工作，也该满足了。可是，会吗？

我们的车渐渐远离钻井架，不知道为什么，我突然对这个井队产生了一种依依不舍的感觉，我不禁伸出头去，又回望了一眼那高高的布满闪亮"宝石"的井架。远处的村庄和田野朦朦胧胧的，又使我感到一种异样的情感。凉凉的夜风吹过，知了在叫，蛐蛐儿在唱，此时此景，那种情感瞬间就转化成了一种让我难以描述的哀伤的痛楚。

等我再一次来到这条路上，再一次走进这个钻井队的时候，我真的想抬起手扇自己一记响亮的耳光……

一年前。

六姐在向尤老伯深深鞠了三个躬后——

那是一个充满了白色雾气的早晨，雾气是缘于那一块块呈正方形的稻田地里的水。水稻的叶子在晨风中摇曳着幽幽的绿。一个女人，一个披散着乌黑秀发的女人，一个光着细嫩脚丫的女人，正深一脚浅一脚地在这稻田地里拼命地奔跑着……一双惊恐的眼睛在四处搜寻着……"孩子！我的孩子……你在哪里啊？！孩子……"她的声音早已沙哑得不成样子。滑倒了，不顾满身的泥水，她挣扎着站了起来，继续奔跑。终于，她踏上了一条稍稍干燥一些的土路。原来，她是想横穿过挡在面前的稻田地，这样可以不用绕弯而减少时间去追上前面抱走她孩子的那两个人。后来她才发现自己的这个想法是多么愚蠢，这样反而减慢了自己前进的速度。前方看不到一个人影，更看不到许家窝棚村的影子。她抬头望了望正在升高的炙热的太阳，蹲下来放声大哭，这哭声是那样绝望，哭声在空无一人的荒野上回荡着……

不知道什么时候，她停止了哭泣，站了起来。她把头发好好拢了拢，拍了拍身上的泥土，迷离的神色消失了，目光中充满了坚毅的光泽。"雨歌，我不会放弃的，永远都不会。你知道吗？要是找不到我们的孩子，你也许就永远都见不到我了。但我相信我会找到孩子，我们的孩子！我心里知道你在想着我，念着我。可我……更想你……我……我现在多么希望你拉住我的手……"她独自叨咕着，快速奔走着，手里紧紧攥着一条白色的毛巾……

"陈拐子，这条路对吗？怎么还看不到铁轨的影子呢？"女人的声音。

陈拐子停了下来，手搭凉棚向远处望了一小会儿，擦了把汗水说："我很久没有来这个破地方了。不过，应该没有错。前面不但有铁轨，还应该有个小站的。要不咱先歇会儿吧，霞子？"

"都是你，非得从这鬼地方走……我们怎么不从谦和县里走呢？那里路好，还有客车呢。我们这次又不是偷骗来的……"

"妇人之见，要是那老头子反悔追来要孩子怎么办？到手的钱财难道就这样丢了？头发长见识短！"

"你头发短，你行。给你抱会儿，我胳膊都酸了，都肿了。"叫霞子的妇人把孩子递给了陈拐子，陈拐子抱了过来，用力不当，把婴儿弄醒了，婴儿大哭了起来。稚嫩的哭声在田野间回荡着……是那样凄凉和无助。

"闭嘴！小崽子，你都哭一宿了你，再哭我摔死你！"陈拐子恶狠狠地吼道。

六姐突然停了下来，侧耳细听起来，难道她听到了婴儿的哭声？

太阳在头上似乎只待了那么一小会儿，就开始向西边游动而去了。前面的路已不再泥泞，路两边也已经不是稻田地了，都是快一人高的玉米和高粱地了。远方、近处都看不到人的影子，这让六姐的心里感到慌慌的。

快到黄昏的时候，远方不时传来了火车的汽笛声。陈拐子看了看手表，脸上露出了一丝得意的笑容，口中喷着酒气说："我们还能赶上六点半的那趟火车。"

他们两个在玉米地里吃了些随身带着的干粮。现在他们面前已经是一大片绿色的开阔地了，一条不太平坦的土路直直地通向了远处的火车小站。

这时候，一个人从后面扑了过来，扑向了霞子手中的婴儿。霞子"啊"地惊叫了一声，下意识一闪，那个人扑倒在了地上。

"你、你他妈的是谁啊？"陈拐子挡在了霞子的身前。他很奇怪，怎么一直没有发现这个人呢？这个人是怎么出现的呢？

六姐勉强爬了起来："那是我的孩子，那是我的孩子，求你们两口子了，把孩子还给我……"沙哑的声音让人听了心酸。

"什么？你的孩子？还给你？哈哈哈……"陈拐子发现是个女人，而且只有这一个女人的时候，心就放下了。

"我、我给你跪下了，我求你们……我决不能失去我的孩子……"六姐真的跪了下去，一个接一个地磕着头，头发在飘散着……

"你、你带钱了吗？我们是花了钱的……"霞子从陈拐子身后探出头来问。

"钱？！我的钱……"六姐站起身来，开始飞快地摸索着自己的衣兜，慢慢地，她的手无力地放下了。她身上没有一分钱。

"哼！没有钱你要什么孩子？"陈拐子冷笑了一声，"快，我们快走，要不就赶不上……"

"哇……哇哇……"婴儿大哭起来，声音和她母亲一样嘶哑无力。

"不……"六姐平伸出双手，绝望地大叫了一声，这声音似乎有一种威慑力，让两个人不由自主地停了步子。

"孩子饿了，饿了……我求你们了……我请你们等几钟就好……我……我不要孩子了，可……可至少能让我最后再喂喂孩子……"六姐的声音脆弱又平静。

两个人对视了一眼，没有说话。

陈拐子想了想，也是，要是再不给这孩子吃点儿什么，到了火车上哭起来更麻烦，就冲霞子点了点头。

六姐接过孩子，仔细端详了一会儿，就轻轻解开衣扣。她爱怜地将乳头填进孩子的口中。婴儿努着小嘴，用力地吸食着。六姐的脸上露出了灿烂的笑容。

陈拐子的眼神有些迷离。

突然，六姐抱着孩子回头就跑。

"你奶奶的，你敢和老子玩这路子……"陈拐子猛冲上来，一把将奔跑中的六姐从身后拉坐到了地上，衣服被掀了起来，露出了大片白嫩嫩的皮肤……陈拐子的眼睛直了，咽了一口吐沫说："你倒是挺漂亮啊小妮子，这样吧，你也不能白把孩子抱走，总得舍出点儿什么吧，总不能白让我掏钱买孩子吧？"

揉成一团的白毛巾从六姐的腰间掉在了地上。

"什么？你想要什么？"六姐托着婴儿，尽力让孩子保持平衡。

"你有什么啊？我要的是你的身体！"

"你有老婆……"

"她？"陈拐子回头看了看表情木讷的霞子，"她算我什么老婆啊，顶多算个姘头！"

"好，我答应你，你先让我把孩子放到一边，反正我也跑不了。"六姐说。她的声音要比刚才还要平静。

陈拐子迟疑了一下，放了手。他没有想到这个女人这么轻易就答应了。

六姐脱下了自己的外衣，平铺在了稍远的草坪上，把孩子放了上去。她的上身只剩下了一件碎花小背心了。

看着六姐秀丽的脸蛋儿，鼓鼓的胸脯，陈拐子又咽了一口吐沫。

六姐静静地拾起地上的白毛巾，那里面包裹着一把锋利的剪刀。

六姐一步步走向陈拐子……

第十三章　碎片

莫志一直把我送到了村口，才开车去送春子回家。

临别的时候，春子说："生活中为什么总是有那么多无奈和意外呢？但是，我相信我们的郝老师和她的孩子会被找到的，母子会很平安的。郝大伯也是的，怎么会那么狠心？难道人的自尊和面子就真的那么重要吗？"

"我觉得不单单是自尊和面子的问题，应该是一种根深蒂固的观念和意识！"莫志说，"人都有自己的生活和自己的命运，很多时候都需要自己去把握。至于其他人，只要尽力去帮助就行了，毕竟我们的能力是有限的。我渐渐觉得，我们对一些事情是无能为力的，能做的只有尽量帮助……"

我苦笑着点了点头，有谁知道我心中的秘密呢？这个让我突然间成熟了很多的秘密！

幽蓝色的夜空繁星点点，一眨一眨的，都在向我观望着，我也在仰望着它们，我在找寻着，月亮到哪儿去了呢？月亮，你能出来吗？我多么希望看到你圆圆的脸庞，看到你皎洁的温柔的光亮！一股凉爽的微风吹过，引来村子里一阵"汪汪"的狗叫。我稍稍稳定了一下心神，缓步向村里走去，各家各户窗内照射出来的灯光让我眩晕，黑咕隆咚的胡同更显暗淡和朦胧。一股哀伤的情感又开始在我心中搅动起来，让我痛苦不堪。六姐和孩子到底在哪里呢？难道真的就永远都找不到六姐了吗？我停了步子，无力地靠在了自家的院墙上，我不知道自己以后该怎么办，脚下的路应该怎样走下去。我的人生才刚刚开始啊！我应该做些什么？我又能做些什么？回头看看家中窗子里的灯光，看着亲人在屋内坐着和走动的样子，我控制着自己，不让泪水流出来。那都是我今生最亲近的人啊，我能告诉他们吗？我知道，他们知道后一定会帮助我的，可我……我该怎样告诉他们呢？亲人们知道后又会怎样帮我？我不敢想象。我警告着自己：你已经不是个小孩子了！

在进屋前，我对自己说，我今生还有两个亲人呢，那就是六姐和孩子！

哥哥和两个弟弟都在生我的气，说他们早早回家后却找不到我，晚上原本想和我一起去城里玩的。我对哥哥说，我明天会去五金商店看他。两个弟弟马上就要放暑假了，我们还有时间在一起玩几天。

母亲说："雨歌有正经事情要办呢，玩什么玩呀，都给我睡觉去！"然后悄悄把我叫到了一边，说："在春子家待了这么久？见到你欧阳叔叔了？"

我摇了摇头，反问道："我爸爸呢？"

母亲说："干他们这行的，就别指望正点儿回家了！也是的，孩子好容易回家……也不说早点儿回家看看。"

我走向了西屋的小炕，仰面朝天地躺了下去。

我做了一个梦。

好美的夏天呀，太阳是金黄色的，离我是那样近，给我的感觉是那样温暖。田野上芳草遍地，绿绿的草坪上各种颜色的小花朵探出头来，就如一张张绽开的笑脸。美丽的花蝴蝶在翩翩起舞……一个穿着鲜艳夺目的花裙子的皮肤白净、有着一双黑黑大眼睛的小女孩儿在芳草地里快乐地奔跑着……我拼命地追了过去，可是我的双脚却怎么也跑不动，想喊却感觉喉咙被什么东西给堵住了，什么都喊不出来……天色骤然间暗淡下来了，我的面前出现了一大片坟地，这里是鬼火坟地吗？我眼睁睁地看着小女孩儿渐渐消失在坟地中……

我大病了一场。嘴唇起着白色的大泡，高烧不止，满嘴说着胡话。

父亲用车把我送进了县医院，办理了住院手续。等我清醒过来，已经是第三天的早晨了。母亲在我身边守护着，眼睛布满血丝。床头的小柜上摆放着几大袋子水果。

母亲说："小春子刚走，她每天都带着好吃的来看你，给你做鸡汤焖饭，有一次还……"

"怎么？"我很想知道春子都做了些什么和说了些什么。

"这孩子……一个小姑娘家，还抢着帮我给你倒了一回尿罐子呢……妈妈是看出来了，她对你可真是实心实意呀！"母亲轻轻抚摸着我的头说，"这孩子的这股'火'是从哪儿来的呢？可吓坏妈妈了。"

我的脸"腾"的一下子热了起来，我知道自己的脸变成了什么颜色，心里却说："春子呀，春子！你不应该这样对待我！我算什么？我是什么？我都不知道自己应该做什么！我是一个什么样的男人你知道吗？有一天你会发现你是多么的不值得……"

出院的时候，我尽可能拖着虚弱的身体在柏油路上溜达，默默地看着来来往往的车辆和行人发呆。父亲说："你要多休息，这次大病险些给你烧出肺炎来，要是再有什么三长两短的，你怎么回部队？我怎么向部队领导交代？"

其实，我是在躲避春子，怕春子来家里看我。并且我在心里暗暗下了决心，回部队后，我也不会再给春子写信了。

可是，我的担心是多余的。在我病愈出院后到离家前的这段时间里，春子居然一次都没有来看过我，这让我感到茫然和奇怪。

当我登上北去的列车的时候，我突然明白了，所以我笑了。我感觉自己的笑是那样苦涩。自己也真的是自作多情了！一个大学生，父亲是国企的处级干部，住着那样的二层小楼，她自己有着花一样芳香的房间，有着不可估量的美好前途的漂亮女孩儿……可我呢？我算什么？我那不可预知的未来又在哪里？还有，假如有一天她知道了我的秘密会怎样想，怎样看待我？天下间最藏不住的，就是所谓的秘密！

我是在一种极为复杂的心情中，走进自己熟悉的军营的。

但我还是收到了春子的一封信。信的内容很简单，就三句话：

你为什么不到我家来找我？你又不是找不到我的家！你走的时候为什么不告诉我一声？！

站在军营后的山岗上，我把信撕得粉碎，让纸片在空中飞舞了起来。我想彻底把春子忘掉。

父亲来信了。父亲在信中告诉我，爷爷在当年被错打成右派，才下放到农村"改造"的。现在落实了政策，可以把全家的户口都迁回城里。也就是说，我们全家现在都是吃红本本的城镇户口了。这就意味着哪怕我不考军校，复员后也可以被分配工作。但是父亲还是鼓励我留在部队，最好能继续复习考军校，好男儿志在四方啊！

可是，信里最后写道："你从家走后的第二天，春子就坐车赶到了咱家。当听到你昨天已经走了的消息后，春子就哭了。原来，春子为了在医院照顾你，每天起早贪黑地忙着给你做好吃的，再跑着往医院送，每天来看望你的时候都是满头的汗水，再加上为你担心，上了'急火'，一下子也病倒了。她一直以为你病好后会去看她，但是你并没有去。春子计算着你回部队的时间，但还是计错了一天，没有送到你。她是拖着虚弱的身体来的……"

父亲在信中训斥着我："你为什么没有去看看春子？她是多好的一个孩子啊，她对你可真是……我的混蛋儿子啊！"

我跑出军营，跑到山岗下，我在寻找着那些被我遗弃的信的碎片，你们在哪里？我怎么一片也找不到啊……

3

我不知道自己在寻找什么，又能找到什么。

寻找信的碎片的意义又是什么？是在寻找春子那颗真挚的心吗？找到了又能怎样？那些破碎的纸片就像我支离破碎的心！让我年轻而无助的心脏难以承受。

在以后的日子里，我尽可能不去想任何事情，只是拼命训练。有时候，我会自己练习器械练到深夜，直到值班干部手拿手电筒把我从训练场上叫回去休息才算罢休。

指导员说："你怎么不报名呢？你的体能标准早就达标了。"

苏主任来找我了。

他说："在上报的名单里面怎么找不到你的名字？有难度吗？告诉我，我给你想办法。"

我说："不是的，是我自己不想报考军校了。"

苏主任叹了口气，摇摇头坐车离去了。同时也带走了我另一片梦想的天空。

复员的日子临近了。我的心情说不出是什么滋味，夹杂着一种无言的企盼。我不知道自己回去后会怎样，那个让我激动的消息曾经是我不敢奢求的愿望，现在已经变成了现实。复员后会分配工作，还极有可能被分配到油田去工作。但一想到六姐和春子，我的心就开始颤动，开始痉挛……六姐现在到底在什么地方呢？有一点我是相信的，六姐一定在某个地方等待着我的归来。我根本就不相信什么所谓的"鬼媳妇"的存在！春子呢？我一直没有给她写信，她也再没有给我写信。我知道她一定还在生我的气。算了，有时候我想，这样不是更好吗？

复员时间原定于 1991 年 1 月，可不知道为什么，我们的复员时间向后推迟了两个月。阳春三月，我们这群坐一个车皮来的小子，在送兵干部的陪同下，又都兴高采烈地坐上了返回家乡的列车。

在离开军营的那一刻，我和很多战友都落下了难过的泪水。我哭得最为动情，我知道今生的一段美好的旅程就这样结束了。其实我本可以留下来的。

直到很多年过去了，我仍会在睡梦中回到我的军营。我曾经问过一些战友，他们竟和我一样，也都做过类似的梦。

第三天的中午时分，我踏上了家乡的土地。

北方的 3 月仍然是寒风凛冽，走在街道上，看着自己熟悉的一切，我的心情突然亢奋起来，有很多事情在等待我去办。那些事都是我必须要去办的！进了家门，放下背包，我就冲出了家门，母亲追出来冲我喊道："你这是做什么？也不好好在家待一天！"

我直奔谦和镇派出所，我要去找父亲，告诉父亲一切，让父亲帮我去找六姐。去找他的儿媳妇——我的妻子！毕竟我已经不是一名军人了。

我想假如派出所出面去寻找，总比我自己四处瞎转悠好得多。

我是多么想见到你呀，六姐！

父亲没有在他的办公室。可是，办公桌的后面却坐着一个人，让我今生都会痛恨的一个人——斜楞！这家伙正翻动着父亲的办公桌……

"斜楞！"我大喊了一声。

"到！"斜楞惊恐地站了起来，回答了一声。我想这一定是他在监狱里养成的习惯。

"你在干什么?！"我想这家伙是在行窃。

"我、我、我没干什么……"斜楞用他那双丑陋的眼睛仔细观察我，辨认着我的模样。

"是我让他来的，派出所要重新更换一批办公桌椅。"父亲走进门来，"你是什么时候到家的？臭小子，1月你给家里来信让我去接你，我去车站却扑了个空。今儿自己就这么回来了？"

"复员时间推迟了。"我仍恶狠狠地瞪着斜楞说。

"这是、这是雨歌？"斜楞走到我的面前仔细端详起我来。我厌恶地将头转向了另一边。

斜楞讨好似的拍拍我的头说："看，雨歌都比我高出一头了，有出息了。"

"你少碰我！"我用力将他的手拨拉到一边，让斜楞很是尴尬。

"那……那什么，老校长，我有事先走了，明天我们就开始加工……雨歌回来……到家坐啊……"斜楞匆匆离去了。

这老小子真能套近乎，叫我父亲为老校长。

"你怎么了儿子？那些事情早都过去了，斜楞也已经受到了他

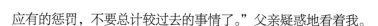

应有的惩罚，不要总计较过去的事情了。"父亲疑惑地看着我。

"可我……可我就是忘不了……"我痛恨斜楞，假如没有他，我或许也不会有今天的无奈和伤痛，更没有六姐的悲伤和痛苦。

父亲怎么会和斜楞接触上的？

"斜楞还很有心计，在蹲监狱的日子里，苦心研究他的木工手艺。出狱后，就在县里开了一家木器加工厂。一年下来，资产到达了上百万，现在他在县里可混成个'人物'了。你也别小瞧他，人都是会变化的。"父亲说，"人哪，不知道会变成什么样。"

我的心里一阵难过，想起了那不知身在何方的六姐。六姐现在变成什么样子了呢？三年多了，六姐还是那样美丽、温柔、善良、可爱吗？

"爸爸，我要和您说件事情。"我不知道自己的声音为什么会这样微弱。

"什么？你说什么？"父亲在办公桌后坐下，凝视着我。我的心乱跳个不停。

"对了，忘了告诉你。小春在北京向派出所打了好多次电话，都是打听你什么时候复员回来。呵呵，这小丫头你算是甩不掉了，彻底把你给黏上了。她今年也面临毕业分配的问题，不过，听这丫头的口气，她是执意要回油田工作的。我也和欧阳书记见了面，他答应我一定把你弄到油田去工作，他说我曾经也为油田做过贡献……都好多年前的事了，欧阳书记居然都记得清楚呢。要是你真的和小春成家的话，对你的前途一定会有很多帮助的，哈哈哈……"在父亲爽朗的笑声中，我不知道该说些什么了，更不知道该从何说起了。我生生地将到嘴边的话给咽了回去。此刻，我不敢刺破父亲这美好的愿望。

我无力地坐在沙发上，有些惆怅地叹了口气。我是不是该委婉地对父亲说呢？

"斜楞要结婚了，听说是个带着孩子的年轻的小媳妇，长得还很漂亮。这个小媳妇的丈夫离家出走好几年了，一直没有音信，所以小媳妇执意要改嫁。我想她大概是看上斜楞的家财了……"

第十四章　结婚

　　我不知道自己是怎样从父亲的办公室走出来的，父亲后来还说了些什么，我都不记得了。只看到有人进来找父亲谈工作，我就站起身走了出来。

　　斜楞要结婚了？和一个带着孩子的年轻的小媳妇?！不可能是六姐，你想哪儿去了雨歌，六姐怎么会嫁给害她的斜楞呢？再说，没有丈夫的小媳妇又不是只有六姐一个人。走在阴冷的大街上，我安慰着自己。还有，假如那个小媳妇真的是六姐的话，父亲应该认识啊，那么父亲就可以直接告诉我六姐的名字，也不会称呼她"小媳妇"了。看来，她不是，真的不是。想到这里，我笑了。但是，我的心里还是感觉没有底。

　　天空中阴沉沉的，布满了黑色的云层，冷风阵阵吹过，让我打了一个冷战。一种失落无助的滋味涌上心头，我突然间伤感起来。本来是充满勇气和希望来找父亲，可结果呢？我现在该做什么？又能做什么呢？不行，我一定要到斜楞家去看看，去看看那个带着孩子的小媳妇到底是谁，我是决不会放弃任何一点点线索和希望的！

可是，斜楞现在住在什么地方呢？

晚饭时，父亲仍没有回家。母亲说："别等了，等他没个时候。"看着一桌子的菜，我笑了。哥哥说："你笑什么呀？"我说："咱家很少会一次做这么多菜呢。"三弟说："家里境况好多了，父亲的工资高了，妈妈卖菜比爸爸挣的钱还多呢。就是哥哥自己攒钱说媳妇呢……哈哈……"

哥哥瞪了三弟一眼，说："闭嘴，你个三牙子。"四弟说："大哥哥害羞了，大哥哥害羞了。"母亲说："你哥哥有对象了，叫晓晶。是隔壁你何婶给介绍的，晓晶在木器加工厂上班，做漆工呢。人长得特水灵，还很老实，真的不错哩！"

"木器加工厂？哪个木器加工厂？"我惊异地问母亲。

"斜楞开的那家，叫云青木器加工厂，工资很高呢。斜楞知道晓晶和你哥哥处对象后，还给她提高工资了呢。这斜楞还算有点儿良心，没有忘了当年咱家对他家的照顾。"

我听到了这个让我很难接受的木器加工厂的名字！难道我们家真的就和这个让我痛恨的混蛋脱离不了干系了么？还什么"云青木器加工厂"？六姐的名字不是叫郝云清么？斜楞到底安的是什么心？！

北方的3月，天黑得还是很早，傍晚时分空气中的寒意不亚于隆冬。我慢步走在谦和县的大街上，借着霓虹灯的光芒，我搜寻着云青木器加工厂的招牌。哥哥说斜楞的木器加工厂就在县里最繁华的周谱街上。并且，斜楞有个习惯，这老小子永远都住在自己的门市房里。他购买了一处两室一厅的楼房，只有他的老母亲一个人在住。斜楞一个人固执地睡在门市房里的沙发上。有人说这小子是守财奴，怕丢了东西，还有人说他是想等娶了媳妇后一块回楼房里去住哩。

哥哥和弟弟要陪我出来溜达的，都被我拒绝了。

夜色朦胧。

云青木器加工厂就坐落在周谱街西侧，我很容易就找到它了。

门市房的大窗子上挡着红色的布帘子，从里面透出的灯光把帘子照得红彤彤的。有两个人影在里面晃动了一下后，灯就灭了。看身形，那分明是一男一女。我走近门前，听到里面一阵撕拽打闹的声音，还伴有女人喉咙里发出来的那种痛苦的呻吟声……我的心激烈地跳了起来，那女人的身影怎么那么像六姐啊！我猛冲到门前，用力拉着门的把手，却没有拉开，里面反锁着。我拼命地用脚踹着门，用拳头击打着门窗"啪啪"作响。

里面的灯终于亮了。门被打开了，露出了一张惊恐万状的面孔。

"是你？二癞子！"我脱口而出。

二癞子稳定了一下心神，半天才认出来是我。

"雨歌，是你，真的是你？好久没有看到你了。"二癞子用颤抖的语气说。他要把门关上，想和我一起站在外面。我把他的手扒拉到一边，冲进了房间。

灯光下，我看到了一个女人，一个很瘦弱的女人。她正畏缩在一张用于销售的样品床上，身上盖着一件深色的破旧棉大衣，裸露着白嫩的肩膀和小腿，白皙的脸上那双黑黑的大眼睛闪着恐惧的光泽。

她不是六姐！

我长舒了一口气，忙退出了屋子。

二癞子蹲在门前的台阶上，正闷头吸着香烟。见我出来了，冲我笑了一下。其实是我感觉他冲我笑了一下，因为在夜色里我看到他龇了一下他那并不太白的牙齿。

"我……我还以为是他妈的斜楞回来了呢。可吓死我了！可我真没有想到是你，但我知道你为什么而来。"二癞子说。

"斜楞去哪儿了？你知道我为什么而来？"

"你等一下，我先把梅子打发走了，然后咱俩再好好唠唠。"二癞子进了屋，低声说了些什么后，门市房里的灯光就熄灭了，他和那个女人走了出来。

乍看上去，这个叫梅子的女人无论是在身材上，还是在模样上，还真的和六姐有几分相似之处呢。这让我的心里又是一阵难过。

看着叫梅子的女人拐进了胡同后，二癞子就向我走了过来。他的个头儿和以前相比，仍然没有长高多少。

我们走进了一家酒馆，要了两个小菜和两瓶啤酒，喝了起来。

我也真的很想和二癞子唠唠。

"你来这里一定不是来找斜楞的，对吧？"二癞子拿眼睛瞄着我说。

"为什么这样问？"我警觉地看着他。

"哼哼，你是在找郝云清！你的……"二癞子仍然用眼睛瞄着我，让我感觉很不舒服。

"我的什么？你想说什么？"我认真地看着二癞子。

"你的老师呀！嘿嘿！"二癞子奸笑了起来。

"告诉我，斜楞去了哪里？"我问道。

"他？他呀，很忙呢。这老犊子最近一段时间整夜都不回来一趟，好像在忙一件很神秘的事情呢。"

"是忙着结婚吗？"我试探着问。

"结婚？和梅子？不会的，斜楞发誓要娶的是……你最好别问了。"二癞子喝干了杯子里的酒，把头转向了门外。

"谁？他要娶谁？"我心里一阵紧张。

"你说呢？斜楞用这个女人的名字给自己的厂子命名，你说他要娶谁？"

"他敢？他在做梦！我……"我猛地从木凳上跳了起来，恶狠狠地瞪着二癞子，仿佛他就是斜楞似的。小酒馆里的食客都把目光投了过来，观望着我下一步的举动。他们一定以为我要揍二癞子。

"你……你看你急什么啊，这事我听了都来气，何况是你呢。我的心情和你一样。雨歌兄弟你快坐……坐下来……"二癞子慌乱地站了起来，按我的肩膀。

我叹了口气，坐了下来。我想知道的太多了，我告诫着自己不要再冲动。

"斜楞他妈的就跟中了邪似的，这想法就是放到笨人身上寻思一下，也都是不可能的呀。也是，斜楞本来就不是个'奸'东西！"二癞子扭头瞧了瞧酒馆内的其他食客，继续低声说着，"这老小子以为有了俩钱儿就能要什么有什么了？我呸！像郝老师那样水灵的女人瞎了眼睛也不会看上他啊！更何况还有以前那样的事情。"

"他倒很能干，挣了不少钱吧？"我试探着问。

"哼！就凭他？一个刑满释放的混蛋？还不是靠他老娘的……"二癞子预言又止，把头低了下去，喝干了杯中的啤酒。他本来就黢黑的脸颊在酒精的作用下显得更黑了。看样子这小子不胜酒力。于是，我暗自笑了，觉得能从二癞子的嘴里得到不少我不知道的消息。

我又要了瓶大高粱酒，打开了，给二癞子的空杯子里倒了满满的白酒。

"可不行的，可不行的……"二癞子拿手推挡着酒瓶。他的手很粗糙，手背上还裂着两个鲜红色冻口子。这不禁让我感到一阵心酸，心里瞬间记起好多儿时的事来，觉得有些对不住这个往井里撒尿的没有妈妈的野孩子了。

"二哥，今天是我请你呀。再说，我们都这么多年没有见面了。"我说的是心里话。

"你、你是在叫我二哥？嗜……可不是……那时候，我……"我突然发现二癞子的眼里一亮，又垂下了头。

"都是过去的事情了，别想那么多了。对了，二哥，我一直不晓得你是怎么从井里逃出来的？"

"嘿嘿，我要是不说，你永远都不会晓得呢！"二癞子擦干泪水，傻笑着看着我说。

"难道二哥会'水遁'？"我也笑着说。"水遁"在我们家乡的意思就是在水里消失后逃跑的意思。那时我们村后有个大水泡子，小孩子们在炎热的夏天里都喜欢去泡子里去练习"水遁"，可是大家都没有练成"水遁"，反而却把一个孩子给淹死了，后来我们就没有人去再敢练什么"水遁"了。

"咳，我哪会什么'水遁'呀。我是从地道里逃跑的……哈哈……可把那些抓我的人给累惨了……哈哈……"二癞子得意地笑着。

"抓你？二哥呀，他们不是在抓你，你知道吗，他们是在拼命地救你！整整忙了一宿啊！"我想二癞子仍对七家村的村民耿耿于怀。

二癞子突然沉默了，端起酒杯狠狠地喝了一大口。然后，他垂下了头，我猜不到他此刻在想什么，人的性格会伴随着时间的推移与阅历的增加而改变吗？

"地道？井里怎么会有地道？"我看着他，装作漫不经心地问道。

"怎么会没有呢？那是斜楞家的地道……"

"斜楞家的？！"

"你这都不知道？斜楞家原来是咱村里的大地主啊！"二癞子直视着我的眼睛。

我有些呆了，脑海中仔细搜寻着儿时的记忆。我对斜楞家是大地主这件事情居然一无所知！为什么没有人告诉我这件事呢？也是，大人们为什么要告诉我这件与我丝毫不相干的事情呢？

"地道就在水井里面，只要在水面上蹿半米多高就能爬进去的。"

"可去救你的村民为什么没有发现地道的入口呢？"

"地道口用麻袋加黄泥堵着，不知道有地道的人，是不可能发现的……"

"地道通向哪里？"

"这……不说了，我说得太多了，斜楞不让……要不是为了梅子……我都不在这里干了……这狗斜楞，他不是人啊……"

"梅子？就是刚才和你在屋里的那个女人？"我注视着二癞子。

二癞子深深叹了口气，居然一仰脖子，将酒杯里剩下的酒全倒进了嘴里。

"梅子很可怜，若不是她男人打伤了人跑路了，她也决不会走这一步的。还带了个孩子，多不容易……我真的不相信梅子是个爱钱的女人！斜楞看中梅子的哪方面你知道吗？"

我下意识地摇了摇头。但是二癞子的话却让我倒吸了一口冷气。

"就是因为梅子的身体和长相特别像一个人！就是……"

"郝老师？！"

"那还用问吗？梅子无依无靠地带着孩子投奔到木器厂，开始斜楞让她打扫车间，后来就……梅子告诉我，斜楞那'物件'根本硬不起来，每天晚上他都让梅子换上一条花裙子，然后就压到梅子的身上拼命地揉搓她的奶子……完事了，就给梅子一点儿钱，也不说和梅子结婚，就这么挺着。梅子的身上被他弄得到处是青紫的伤痕呢……梅子也是没有办法，为了给她孩子看病，没少借斜楞的钱。她孩子有病，总抽羊角风呢。"

"斜楞最近去哪儿了？"我的心中憋着一口气。

"他有了钱后，经常像着了魔似的，没事儿就叨咕三个字：郝云清。后来他都把自己厂子的名称也改成'云青'了。为了能找到郝老师，他特意买了辆新吉普车，经常下到各村去转悠。有一次，对，是去年的夏天，我还看到你坐车去了五十里铺，我猜你一定是去找你的郝老师了。当时我坐在车的后座上，你大概是没有看到我吧。"

"哦，我明白了。可是，斜楞真的能找到郝老师吗？"我像是对二癞子说，又像是对自己说。

"村里人都知道，是你救了你的老师，郝大喇叭一家对你贼好，你是想帮帮你的老师……你从小就是一个重情意的孩子，这大家都知道……嗐，你的老师是怎么了？没有被斜楞给欺负了，自己却弄出个孩子来……真的不知道是哪个瘟三会有这样的福分，弄了还白弄，到现在也不见个踪影。连你的老师也没影子了。不过，我今天下午发现斜楞坐车急匆匆走了，看样子像有什么大事情要办呢，不会是……"

"找到了六姐？！"我又一次站了起来。

"谁知道呢？不过，雨歌兄弟，你现在可安妥了。复员回来还能有个好工作呢。你家可不是从前那样了，你爸爸厉害着呢……斜楞这老小子特怕你爸爸……今天下午斜楞从派出所回来的时候，还在我面前提起你呢……"

"对了，二哥。你知道什么是'鬼媳妇'吗？你住在鬼火坟地前的破庙里的时候，看到过鬼媳妇吗？"我假装很随意地问道。

"鬼……鬼媳妇？"二癞子瞪圆了眼睛。我在他的眼神中，看到了恐惧的光泽。"看……看到过的……那时我还小……有天晚上我独自在破庙里睡觉时，睡着睡着，我被一种声音惊醒了，那声音阴森森的，好吓人啊！我壮着胆子……你知道我的，我从小胆子就大，什么都不在乎的……就顺着声音爬了过去，我爬到后窗子旁，向外看去，你猜我看到什么了？"

"什么？"我有些紧张，此刻二癞子的样子更显紧张。他死死地盯着我的眼睛。

"我看到一个白衣女鬼在坟地里游荡，女鬼的脑袋上蹿着蓝色的鬼火……当时把我吓得'啊'地叫出了声来，然后就看到女鬼一闪，就消失在一座坟墓里了……不怕你笑话，我撒腿就跑出了破庙，跑到村口我就用手摸自己的物件……居然还在，只是尿了一裤子……呵呵……"二癞子咧开大嘴突然笑了起来。

我说："你当时是不是在做梦？关于鬼火，我查了资料的，鬼火是一种很自然的现象，人去世后，被埋在地下，人的尸体里含有磷，尸体腐烂后，会产生一种叫磷化氢的气体，而这种气体会自行燃烧，在白日看不到，但在夜里的坟地周围就会看到这种现象……"

"你说的我一点儿都听不明白，雨歌兄弟，也许你说得对，可我知道，我那天并不是在做梦，我真的看到了白衣女鬼……不，应该是鬼媳妇！"

我苦笑着，我感觉二癞子有点儿喝多了，我对他说的话并不全信。不过，我发现二癞子有时候预言又止，似乎隐藏着一些话没有对我说。

送二癞子回去的时候，时间已经很晚了。这小子张牙舞爪地非要到胡同里的小房去找梅子，我说你赶紧回店里睡觉吧。

店里一片漆黑，斜楞真的还没有回来。听二癞子说，斜楞最近一段时间总是一夜夜不回来，很神秘的样子。

关了店门，我听见二癞子在里面喊道："我他妈的也是快三十的人了，我他妈的就是没有钱啊……我的梅子……我的梅子……"

他的号哭也深深影响到了我的心绪，我独自向家的方向走去。

浓浓的夜啊，六姐，你现在到底在哪儿呀？我回来了，我哪儿都不去了……我真不相信有什么"鬼媳妇"的存在！更不相信那个红棺新娘的传说！

第十五章　爱恋

　　复员后的日子，一下子让我有些不知所措了，我不知道自己该做些什么。父亲忙着他永远都忙不完的工作，母亲仍然到集市上去卖菜，哥哥去单位上班，弟弟们在上学。我每日里就是到斜楞的木器厂附近转悠，有一段时间我曾疯狂地想找斜楞"谈谈"，要好好"教育"一下这老小子，让他打消对六姐的歪念头。可后来一想，他若是能找到六姐的话，那不正是帮了我一个忙吗？二癞子经常来向我汇报斜楞的最新动向，同时还经常咬牙切齿地说，他早晚有一天会把斜楞给"废"了。我说："你何必呢？若是斜楞有什么不轨的行为，你可以直接去找我父亲，用法律手段来收拾他不是更好吗？"

　　六姐到底在哪里呢？我回来了，我真的回来了。临别的时候，六姐，我不是告诉你了吗？三年，三年我一定回来！虽然比预期的期限推迟了不到三个月的时间，可我回来了，你快出现啊，我决不会再离开你了！

152

还有，我还在等你告诉我，什么是"鬼媳妇"呢。有的时候，我就像着了魔、中了邪一般，在深夜里偷偷溜出家门，疯跑到七家村破庙后的鬼火坟地里去，在坟地边上站上一会儿，期待着"鬼媳妇"的出现，我心里明明知道根本就没有什么"鬼媳妇"，但是总管不住自己。

一个月的时间就这样悄无声息地过去了。

父亲开始为我的工作忙碌，母亲却不着急，说："你别瞎操心了，雨歌的工作早就安排好了。"父亲很奇怪地看着母亲，母亲扭头瞧瞧我，很神秘地笑着说："小春和她爸爸都来咱家好几趟了，你们都不知道吧？"

"什么？小春和她父亲……来咱家？"父亲有些吃惊。

"他们什么时候来的？"我有些茫然。

"今年年初就来过两回，春子那时还以为你复员回来了呢。"母亲说。

"她……她不是在北京读书吗？"

"傻孩子，春子去年年底就毕业了，现在正在油田下属的二级单位实习呢。"

春子居然没有在北京！这是我怎么都没想到的，但细一想想，也对呀，按时间算一下，春子应该是在去年毕业的呀。我苦笑了一下，我的头脑中满是六姐的影子，哪里还容得下春子啊？！可是让我弄不懂的是，妈妈为什么今天才告诉我。

母亲又笑了，说："这都是小春子的主意，她千叮咛万嘱咐，不让我告诉你她在家的消息，说你想起她的时候，就一定会去看她的。看来这小丫头还很有心计呢。今天我实在是憋不住了。"

"呵,这小丫头,给我打电话的时候,还装腔作势的,我还真以为她在北京呢,对了,雨歌的工作都落实了?以前我和欧阳书记为这事情通过一次电话,我还以为欧阳书记那边忙,才没有及时来答复我呢。呵呵……"父亲笑了。

"是呀,欧阳书记都给安排妥了。他现在可是大官了,送他们爷俩儿来的轿车我都没有见过呢。欧阳书记说从小看苗,他从前就知道咱雨歌是个好孩子。油田就需要这样的小伙子呢。"母亲很自豪地说着,"对了,小春子前天还来过呢。"

"来咱家?"父亲问。

"不是,是到菜市场找的我,这丫头还帮我卖过几次菜呢。和我可近乎了,她一点儿都不像个娇生惯养的孩子,不过,就是她的体格太单薄了……"母亲有些忧虑地说。

"你以为大学毕业后都要去种地吗?还说人家体格单薄,哈哈……"父亲的笑声永远是那样爽朗。

我却怎么也笑不出声,只是勉强咧了咧嘴。这样的好事我应该高兴才对呀。我对自己说。不过,我突然感到很惭愧,我都回家这么长时间了,竟一次都没有到母亲的摊床上去看过一回,还不如春子呢!

是啊,每个人都有自己的生活,每个人都有自己的位置。那我的生活呢?我的位置呢?我觉得自己该振作一些了,起码应该先固定好自己的生活和自己的位置,然后再去找寻应该找寻的……

2

傍晚时分，父亲决定带我去拜访欧阳书记一家。

为了表示谢意，父亲还买了好多水果让我提溜着，我坐在摩托车的后座上，感觉很不得劲儿。父亲边驾驶着摩托车边对我说："这些天你都干什么呢？净瞎转悠，一点正事儿都没有！"我理解父亲话里的含义，可我能说什么呢？有的时候，我也觉得自己太萎靡不振了，我的心事实在是太重了！

摩托车的速度很快，带起了很多凉爽的风，让我的精神为之一振。一会儿的工夫，月牙街就到了。

站在春子家门前，我心里很是矛盾，不知道和春子见了面，能说些什么。尤其是想到自己生病时的日日夜夜……还有春子给我写的那封只有三句话的信。

她真的不生我的气了？为什么要神神秘秘的，不让我知道她在家呢？这个春子呀，我一直琢磨不透她。

很多年后，我才忽然明白了，我琢磨不透的，其实是女人的心！

是春子娘开的门，见是我和父亲，她的脸上掠过一丝不悦，但瞬间就化作了热情的微笑："真的是你们呀，快请进，快……欧阳呀，快看谁来了！"

欧阳书记也迎了出来，面色有些困倦，但还是亲热地和父亲握起手来："你看，要来就早点儿来啊，咱老哥俩儿还能整两盅呢。"我突然觉得欧阳书记的亲热劲儿有些虚伪的成分在里面。

"不行啊，我很少喝酒了，现在骑摩托车哪！"父亲似乎没有看出他们夫妇的心态，走进了楼门。我的心里一阵难过，难道自己今天真的不应该来？

"你小子，是长高了不少啊！"欧阳书记轻轻拍了拍我的肩膀。我笑了笑说："您好，欧阳叔叔。"

进了门，我第一眼就看到了从二楼向下跑的春子。春子娘的面色立即严肃起来，说："多大了呀你，还没有个样儿，你别跑行不？"

父亲说："就是再大，在我们面前也是孩子呀！"春子娘的脸上才有了点儿笑模样。

"你！怎么才来看我呀！"春子的小脸气得白白的，用小拳头使劲儿给了我一下，打在了我的胸口上，弄得我涨红了脸。

"哈哈……哈哈……"三个大人都笑了。我看着欧阳书记和春子娘笑得那样开心，没有一丝伪装的意思，忽然又觉得自己刚才的想法有些多虑了。

"走，上楼，到我的房间去！"春子语气坚决，也不管我愿意不愿意，硬把我往楼上拽。我回头看了看欧阳书记和春子娘，春子娘说："去吧，看我干什么呀？这孩子可真是的。"

春子的房间没什么太大的变化，唯一引起我注意的，是我在部队给春子寄的那张四寸的彩色照片，现在正镶嵌在相框里，放在小床的床头上。旁边立着春子自己的照片。我的心里一热，将两张照片都拿了起来，仔细地端详着……忽然，春子在我的身后轻轻地搂住了我，双手抱着我的腰身，越来越紧，我感觉春子的头死死地贴着我的后背，轻微晃动着。同时，我听到了低低的啜泣声。我的头"嗡"的一下，身体麻木了，我不知道自己该怎么办，双手就那样托着两个相框……

好久，我才醒过神来，心中一阵痛楚，我说："春子，放开手……这样不好的……"春子在使劲儿地用头蹭着我的后背，我知道，她是在用力地摇头。我放下相框，将右手抬高，转回身子。春子就着我转身的力量，仍抱着我，拥到了我的怀里。她的眼睛里罩着一层泪水，让我更加不安，双手不知所措地举着。春子的眼睫毛一动，泪珠滴落，顺着脸旁滑了下来。我的眼前立时模糊一片……

3

"春子，求你了，把手松开……松开好吗？"我实在忍不住了，任泪水簌簌流下，滴滴落在春子惨白且消瘦的小脸上，与她的泪水融合在了一起……不知道为什么，往昔的很多与春子在一起的幸福、快乐的时光在我眼前飞快地闪现出来，我现在才发觉自己对春子的爱恋是这样深，这样的让我难以自控。

这时，我听到了有人上楼的脚步声。

春子下意识地松开了两只小手，抓起床上的枕巾，在我的脸上抹了抹，然后自己也擦了擦眼睛。枕巾上春子那特有的少女的芬芳气息，让我心慌意乱。

春子娘端着一盘水果走了进来。

"来，雨歌，吃点儿水果。"

"妈妈，把那个最大最红的苹果给我，我削皮给雨歌吃！"春子顺手就拿起了一个红红的大苹果，脸上洋溢着灿烂的笑容。

"好，好，让雨歌多吃点儿呀。"春子娘笑着说。然后她似乎并不在意地瞄了我一眼，就转身下了楼。

春子拉着我坐在她的小床上，开始很细心地用小刀给苹果削皮。她的两条小腿在床下荡呀荡的。

"我喜欢带皮吃呢。"看着春子恢复了常态，我笑着说。

"削过皮的才好吃呢。"春子把削好皮的苹果递给了我，又说，"还行，你居然还能找到我家呀！我以为你早把来我家的路给忘记了呢。你家我去了多少次你知道吗？可算上今天，你才来我家两趟。算你有种！有种你今天别来呀！"

我一下子涨红了脸。

"别，雨歌，我在逗你呢，你在生气吗？生我的气？不要这样好吗？"春子紧张地看着我。

"没有，我还怕你生我的气呢！"看着春子孩子般的样子，我勉强笑了笑。突然之间，我发现自己的心理承受能力越来越脆弱了。

"其实，爸爸早把你的工作安排好了。让你先到运输公司的搬运分公司去工作，虽然艰苦一点儿，但也算是后线单位，起码不用到野外的一线钻井队去工作呀。油田每年接收的复员军人，基本上都充实到一线钻井队去工作，能留在后线工作，已经很不容易了。"

"哦。"其实我想说，我真的很愿意去一线钻井队去工作，那里才是我应该去的地方。但话到嘴边，却怎么也没有说出口。

"我现在在采油七厂地研所实习，明天就要动身回厂了。采油七厂在五十里铺村附近，是我执意要去的，新建的厂子，很需要大学生呢。对了，你应该还记得五十里铺吧？"

"五十里铺？我怎么会忘记？"我苦笑了一下。随之，我的心里一阵难过，脑海里又浮现出六姐的影子来。

"我们还是有缘分的！"春子认真地说，"我每次回来在家只待两天。我不喜欢在家傻待着的，我常去菜市场看大娘，其实我想也许会在那里可以看到你……这次回家我有意多待了一天，我就觉得你会来的……马上要进入6月大地返浆期了，乡村的土路不通车，会有很长的一段时间我不能回家看看……我会给你打电话的。你家安装电话了吗？"

在春子火一样的目光里，我轻轻摇摇头，并把头垂了下去。

"我知道你不来找我的原因……不管你有没有学历、是不是干部，我都不在乎……那是我爸爸妈妈的希望……可我……"春子的面颊上忽然浮起了红晕，"哦，这是我们地研所的电话号码。"

春子把一张小纸条塞进我的上衣口袋里，然后，静静地注视着我。

"春子……我……其实我……我们现在还年轻……"春子把什么都说明白了，这是我最怕听到的。我也突然明白了欧阳夫妇的心情。现在，我不知道应该对春子说些什么，又应该告诉她些什么，但我更明白自己的处境。好在这时，我听到父亲在楼下唤我，说天不早了，欧阳书记家该休息了。

我说："是呀，不早了。"

春子打开了床头的小柜，取出了一叠面值十元的钞票，大约有一百元左右的样子，塞到我的手中说："我现在有工资了，你也该买点儿自己穿的衣服了。"

我的脸又热了起来，我穿的仍是军装，只是没有了军衔标志而已。我也没有什么好衣服，多半都是哥哥穿小穿旧的衣服。我从来就没有想过给自己做一套新的衣服呢。长这么大，我最喜欢的衣服就是我曾经穿过的那套崭新的军装。

"我真的不能要你的钱……真的，春子……"我把钱放到了身边的小写字桌上，转身就走。

春子拽了我衣服一下，大喊："气人呀你……"

在回家的路上，父亲并没有开动摩托，而是用手推着摩托车，边走边对我说："给你安排好一切的，是你欧阳叔叔没错，但都是小春这丫头的主意。欧阳两口子也是拿这个宝贝女儿没有办法呀。从开始进他们家的门，我就察觉出有些不对了。你看出来了吗，孩子？"夜色中，我点了点头，同时还"嗯"了一声。

"一切随缘吧，小春对你的感情没得说。但是，从欧阳两口子的谈话中……"父亲停了下来，启动了摩托车。

"我明白的，爸爸，我知道自己该怎么做的！"我突然大声对父亲说，也好像是在对自己说。

我的心里难受极了。

那夜，我躺在炕上翻来覆去，不能入眠，我趴在炕上，双手支着下巴颏儿，凝望着窗外黑漆漆的夜色，一直在胡思乱想着，想着六姐，想着孩子，想着春子，想着欧阳书记和春子娘，想着未来的工作……但这一切我并不知道结果会是什么样子，也不知道我最终会做些什么。最后想的，还是六姐和孩子。阵阵寒风吹打着窗子，发出"呼呼"的响声，让我感到恐惧。这种恐惧已经侵袭我很长一段时间了，尤其是在刮狂风、下暴雨的黑夜，我就会立刻想到六姐和孩子，想象着六姐抱着孩子孤立无援地挣扎在狂风暴雨里……嘴里呼唤着我的名字……有的时候，我都有些绝望了，恍然间就感觉那是一场美丽而凄惨的梦。

家里不久后安装了电话，是县公安局给安装的，为便于父亲工作。还有个原因就是父亲工作非常突出，年年都在全县的派出所评比中名列前茅。父亲还在一次打击刑事犯罪的战役中，荣立了二等功，公安部颁发的二等功奖章闪亮闪亮的。所以，我感觉也有奖励的成分在里面。要不，我家里是很难拿出三四千元钱去安装家用电话的。

看着电话，我就想，用不用给春子打个电话呢？

但还是春子先给我来了电话，我不知道她是怎样知道我家电话号码的。在电话那头，春子告诉我说，她要出差一些日子，陪所长去上海给单位进设备。让我先不要往她单位打电话了，打电话也找不到她。并说，她回来的时候，会及时和我联系。

她的声音很微弱，像是很疲惫的样子。

1991 年 6 月 1 日，国际儿童节那天早晨，给我的印象是那样的深刻——

　　家里的电话响个不停。接电话的是正要出门上班的父亲。当父亲放下电话那一刻，我从炕上爬起来，想问问是谁来的电话。父亲含笑看着我说："孩子，通知来了，你明天就要到油田报到了！"

　　我直愣愣地看着父亲，恍然如梦。

第十六章　希望

父亲说："你知道运输公司在哪儿吗？"我说："我就是绕遍全城也要把运输公司找到！"其实春子早就告诉我运输公司的地址了。

早晨的阳光是那么可爱，那么让人心情舒畅。

在我骑着哥哥的新自行车奔往城南的时候，我的心里一直这样问着自己：我真的就要成为一名石油工人了吗？我真的是去报到吗？一种恍然如梦的感觉涌上我的心头，我难以描述这种感觉是幸福还是激动。

城南环城路边上，高高的红砖墙内耸立着一栋六层大楼，楼旁都是一排排整齐的车库。车库的后面是三栋二层小楼和四个宽大的车间。

一群推着自行车的小伙子已经等在大门的入口处。门前立着一个大牌子，上面写着"内有车队，注意安全"的字样。我觉得自己今天起得够早的了，没想到还有很多比我还心急的家伙呢。

我看看手表，报到时间是 7 点 30 分，现在的时间才刚刚 7 点 10 分。这表是父亲昨晚送给我的，父亲说我要参加工作了，这是给我的礼物。我说："爸爸您是怎么把这表找回来的？"父亲笑笑说："当时为了给凉子看伤，我是把表给卖了，小子你知道老爸我那时有多心疼吗……是斜楞帮我找回来的。""他？斜楞？"我有些吃惊地看着父亲。父亲说，斜楞出监狱后，有了钱，就来看我。说你儿子做得对，是雨歌用玻璃瓶子把他从犯罪的边缘给砸了回来。要不，他斜楞会罪加一等的，然后斜楞就从怀里把表给我掏了出来，又说他在一个叫陈拐子的人手里买回来的。我当时就是把手表卖给了这个叫陈拐子的，他是个收废品的。斜楞为什么要巴结父亲呢？我有些迷惑了。"儿子，你放心，爸爸已经就把钱给了斜楞，爸爸是不会占人家便宜的。"父亲拉过我的手，亲手把表给我戴到了手腕上。

晚上，我一夜没有睡好，总是想着自己的未来。我可以和城里人一样了，一样可以挣工资了。我要挣很多很多的钱，给六姐攒着，假如有一天能够找到六姐的话，我会全都交给她管着……给六姐和孩子买很多好吃的，买好多漂亮的新衣服……早晨醒来的时候，我的脸上还挂着笑容呢。是妈妈说的，说这孩子居然乐了一宿呢。哥哥说："你骑我自行车去上班吧，挣了钱再给哥哥买个新的！"哥哥要结婚了，他刚用自己积攒的工资钱买了自行车，他自己都很少骑呢。

大门终于打开了，我们这帮小子足有四五十个，一起蜂拥上前。但立即被门卫老爷子给制止了，他老人家用手一指，我们才明白，是让我们把自行车都推到车棚里去。

大家被带到了四层楼里的一个大会议室里，运输公司的经理和党委书记分别给我们做了热情洋溢的讲话，称我们是新鲜血液什么的，让我们好好干，还说油田形势一片大好。我们在台下拼了命地鼓掌。每个家伙的脸上都荡漾着踌躇满志的神采。然后我们就开始参加入厂三级安全教育，发了漂亮的硬壳笔记本和好看的油笔。不知道为什么，看着本和笔，一下子又让我记起了在读书时六姐给我的那本图画本和铅笔来了，心里就又开始难受。要是六姐在我身边该有多好呀，她一定会高兴地拥抱我。

经过一个月的集中学习后，我被分到了搬运分公司搬运队做搬运工作。和我一起被分到搬运队的还有二十多人。这帮小子都不愿意去，一是传出去名声不好，"搬运工"不就是出"苦大力"的代名词吗？二是觉得工作肯定很辛苦。我倒觉得没什么，并且非常珍惜这份工作。所谓的搬运工就是负责给全油田的钻井队转运钻具、钻铤和完井前运送套管工作。是半机械化施工作业，配有吊车、抓管机、拖车。搬运工主要负责给吊车挂钢丝绳套。只是雨季到来时，野外的土路也会进入返浆期，车辆难行，搬运工作才会辛苦一些。还有就是可以干半个月休息半个月，工资还很高，待遇仅次于一线的钻井工。

搬运队的队长周林垢是个五大三粗的汉子，年龄在四十左右，听他介绍自己说是北京知青。他的样子很凶，开始大家都很惧怕他，后来熟悉了，才发现队长平时很开朗，经常会和大家开玩笑，尤其是喜欢讲些"黄段子"，逗大家一乐，再累的活儿也不觉得累了。

党支部书记吴敬是个快退休的老同志，经常坐在办公室里写材料。有一天他找到我说："我看你的字写得不错，抽空帮我抄点儿材料吧。"我就常利用休息时间去帮他写支部记录。不久，在我成为正式党员后，我就担任了队党支部的宣传委员兼任团支部书记。

那天我正在吴书记办公室里写材料，推门进来一个很年轻的女孩子，细高的身材，鹅蛋形的脸上镶嵌着一双乌黑明亮的大眼睛。

"你是叫雨歌吧？"她微笑着说。

"是，我是。"我慌乱地从椅子上站了起来。

"这是你写的吗？"我刚注意到她手里拿了张《石油生产报》。

我心想我写什么了？我前天才给《石油生产报》邮寄了两首小诗。不会这么快就刊登出来吧？

"你看，是不是你写的诗歌？写得真好！"她快步走到我的身边，带过来一阵香气。

我手拿着报纸开始在版面上搜寻。

"在四版呢，这里……"她细细的手指点在了报纸上，同时我感觉她的头快碰到我的头了。

我看到了，是我写的那两首小诗：

搬运工（外一首）

听到搬运工的称呼

便会想象出筋腱凸起的臂膀

臂膀的肤色源于

阳光、套管、钻杆及钻铤

撬杠不停地翻动

于钢铁之间

寻找人生的支点

捧一把不干的汗水

溢出男子汉的名字

站台

井场是月台

钻塔是车站的名字

我们的车

在荒原上没有重点

一个个小站连成风景线

身后的小站

洒下汗水熔铸的留恋

前方的小站

传来声声深情的呼唤

成吨的钻具车上

装满我们自己抒写的故事

讲给太阳讲给星星讲给月亮

讲给四季风吹的小站……

"怎么发表得这么快？"我的心怦怦直蹦，真是太激动了。还是在我第一次进吴书记办公室的时候，在吴书记的办公桌上看到了一张当天的《石油生产报》。我立即想起了春子娘和我说过的话，就仔细研究了报纸的各个版面。在以后参加转井运送钻具工作时，我就结合搬运工的工作性质，创作了这两首小诗。

"你真的好傻呀！不过，'傻子'的诗歌写得真好呢。"女孩儿笑了起来，"告诉你吧，报社就在咱运输公司隔壁，你居然还贴了邮票投稿……你呀，以后要是不敢去报社，就把稿子交给我，我给你送去！还有，在报上发稿，不管是新闻稿还是文学稿，都可以给咱们单位加分呢！"

我涨红了脸，有些不好意思了。我才来几天呀，运输公司的大院子我还没有熟悉清楚呢。再说，我很多的时间都是在野外度过的。

"好了，我该回去了。"她转身走到门口时，又转回身子说，"对了，下午一点你来分公司政工组一下，周姨找你呢，她是组长。还有，两点团总支开会，你也要参加。二楼左拐第一个门就是政工组。你平时怎么也不到分公司楼里转转呢？"

这个女孩儿太漂亮了，看着她的背影，我才注意到她穿了件嫩白色的连衣裙。

除了春子，这是我接触的第二个城市女孩儿。

　　她刚出去不到两分钟，大嘴就进来了。他是我的战友，我们是同一批被分到搬运队工作的。

　　"你小子成天蔫了吧唧的，还挺有心眼儿呀！"大嘴说。

　　我说："你什么意思？"

　　"小月傲慢得很呢，她从来都不拿正眼看咱们这些新来的臭工人，今天竟嘚瑟地跑来找你，哈哈，你小子说实话，是什么时候把她搞到手的？"

　　我说："你给我闭嘴，我和她什么关系都没有。你还有事吗？没事就出去，我还忙呢。"我真不愿意听他说话。我隐约觉得自己与一起分来的个别年轻人有些难以说清楚的隔阂，尤其是大嘴，我很看不惯他喝酒赌钱和谈女人。这小子经常飞快地处个女朋友，不长时间又分手，弄得总有女孩子找到队里来，让吴书记为难。有一次，吴书记对我说："一看你稳稳当当的样子就知道你以后是坐办公室的人，可别跟他们混到一起去啊。"我知道吴书记指的就是大嘴。

　　大嘴临出门时说："她可是个大学生啊，你也别做美梦了，癞蛤蟆想吃天鹅肉！"

　　我冷笑了一声，心说："这句话应该对你自己说才对呢。"

　　这个女孩子叫陈小月，是我们分公司政工组的宣传干事兼团总支书记。

　　大嘴是生着气走的。这小子在看到了陈小月后的当天，就把刚处的对象给踹了。可人家陈小月都没拿正眼瞧过他。

　　六层大楼是我们运输公司的总部。旁边的三栋小楼分别是运输分公司、修理分公司和我们搬运分公司的办公楼。有一天我在修理分公司的门前看到了莫志，经过打听我才知道，他在修理分公司当技术员。但我没有和他打招呼，我是怕他谈起春子。自从上次春子给我打电话说她出去给单位进设备后，快两个月了，她就再没有来找过我，也没有向我家里打过一次电话。我想，她一定很忙。或许，是不是已经处上男朋友了？毕竟我们之间的差距是悬殊的。在我眼里，她就如一个还没长大的小妹妹，小孩子的思想是多变的。就如我自己一样，忙着忙着，就会把寻找六姐的事给忘了，等想起来的时候，又是那样难过，心里很无奈。当我看到一起参加工作的年轻人牵着漂亮的女朋友逛大街的时候，我的心里就很不是滋味。不知道为什么，我心里第一个想到的竟是春子，想春子若是挽着我的手臂和他们擦肩而过的话，一定把他们的女朋友都比下去。继而，我就开始骂自己是混蛋，骂自己不是东西！然后就有一种很想大哭一场的冲动。

母亲总在追问春子的消息，问我春子为什么这些天都没有来家坐坐，你要不要去欧阳书记家看看。我说："妈妈您就别操心了。"父亲说："孩子自己的事情，让他自己去解决吧，做老人的在这方面不要过多干涉。"

母亲最后说："我能不急吗？有好多人等着给雨歌介绍对象呢。小春要是不愿意，也别耽误咱啊。不过，我倒是挺想小春的，这孩子招人疼呢。"

我听了，心里更难受！

　　我时常会在休班的时候，去找二癞子喝酒，问些斜楞的情况。二癞子总是咒骂斜楞是头牲口，又在怎样怎样地折磨梅子。还说斜楞又扩展生意范围了，开了一家废品收购公司，请了一个叫陈拐子的人当经理。没有他二癞子什么事儿，连个副经理都没整上，说他白跟斜楞混这么多年了。这倒不是我所关心的事情。我说有没有郝老师的消息？二癞子说没有。斜楞最近一段时间很消停，足不出户，有事情都让陈拐子打理，这可苦了梅子了，每天晚上都在遭罪。"总有一天，我非废了这畜生不可！"二癞子总是在和我分手时这样说。

　　可是，在二癞子废了斜楞之前，斜楞却先废了陈拐子。斜楞用一把大斧子劈死了陈拐子，劈得很凶残。这是后话。

　　北方的8月，正是多雨的季节。早晨还好好的呢，中午时分就下起了瓢泼大雨。我站在车间的大门前，焦躁地抬头看着浓密的雨丝向下落，看看表，马上就要到下午一点了。我本想冲到雨里去，可又舍不得自己刚发的这套新工作服。我算了一下，跑到最左侧的搬运分公司楼前需要三分钟左右，这三分钟会让我变成"落汤鸡"的。那我还怎么好意思闯进楼里呢？弄得人家办公室全是雨水？尤其是，还要开会呢。搬运队这些大老爷们儿没有一个细心一点儿的，会带把伞来上班。

　　"雨歌，你倒是向前冲啊，到雨里去唱歌啊！哈哈哈……"大嘴在后面不怀好意地高喊，引来车间里很多人的笑声。调度还没有下单子，所以好几十号人都聚在车间里闲扯。

　　"快看，看谁来了？"大嘴又在高喊，听声音他极为兴奋。

　　我看到了，一个白色的身影在风雨中正蹒跚地向这边走来，红色的雨伞在大雨中摇摆不定，就如一朵盛开了的玫瑰。是陈小月！

"给，我就知道你不会带伞来上班的，男人都很粗心。"小月手里还握着一把伞。我看到她的白色连衣裙被雨水打湿了好多地方。她是顶风来的。

我们并肩走在风雨中，踩踏着水泥路面上的积水，溅起了朵朵白色的水花。我的心里不知道是什么滋味，只是感觉身体轻飘飘的。

"周姨是很认真的，她最不喜欢不守时的人了。虽然是雨天，你也不应该迟到呀。你知道吗？你要好好努力，争取早点儿进机关工作。你很适合做宣传工作的，我还知道你是党员呢。"小月说。

我说："这些我倒没有想过，但我会努力工作的，至少会做个好工人。"

"见到周姨的时候，她一定会让你帮她写篇报道，一是要看你的写作能力，二是要看你的字写得怎么样。我们这里还缺个政工干事呢。"

"你不正在担任吗？"我奇怪地看了她一眼。

"我？我对写新闻稿件不在行，我不会写的。我要做专职的团总支书记工作。"

看小月的年龄，明显没有我大，但她给我的印象又是那样老练和成熟。

上了二楼，我们停在了政工组的门前。门玻璃上写着"政工组"三个字。

这是个很宽大的办公室，里面放了三张一头沉的办公桌。办公桌四周立着很多的报架子，挂满了各类报纸。这让我很感兴趣，我是最喜欢读报纸的。门口处摆放着一个长条沙发，沙发上正坐着一位三十多岁的女人，白净的脸上戴着一副近视镜，正在低头翻阅着报纸。见我们进来了，她就站了起来。

"周姨，这就是雨歌。"小月介绍说。

"呵，满帅气的一个小伙子啊！快坐下，坐下。"周姨很热情地说，同时抬手看了看手表。

我说："您好，周组长。"

我刚要在沙发上坐下来，周姨却把我引到了办公桌前，让我在其中的一张办公桌旁坐了下来。这使我很不自在。这以后会是我的办公桌吗？我还没有梦想过自己会拥有一张属于自己的办公桌呢，也不敢想。我只是一个很普通的在乡村长大的孩子。

"周姨找你来，是有件事情想麻烦你。最近一段时间，雨下得厉害，你们搬运队的工作很辛苦。我看了你写的诗歌，真的不错呢。你了解你们搬运队的工艺流程和生产情况，所以你现在写篇报道吧，重点写一下你们是怎样奋战在风雨中的，怎样拼搏奉献保生产的。要快，写完后我就让小月给报社送去。对了，两点我还有个会呢。哦，雨歌，你是搬运队的团支部书记，你也要参加的呀。"

我说："好的，但我怕自己写不好。如果您看着不行的话，您就给扔了，没关系的。"

其实在来的路上小月告诉我这件事情后，我的心里早就有了准备。一篇报道的雏形早已在我的脑海中形成了。但我还是觉得周姨给我的时间紧了一些。一个小时？也许还不到一个小时。难道周组长真的在为难我？还是在考察我呢？

周姨又坐回到了沙发上，继续看她的报纸。

小月已经把稿纸和钢笔给我准备好了，放到了我的面前。然后就在我的对面坐下了，拿出一本杂志看了起来，还时不时地拿余光瞄我。

我稳定了一下心神，提笔就写。

这时，推门进来了一位四十多岁的女人，打扮得很洋气。她一屁股就坐在了沙发上，开始大大咧咧地和周姨唠起了家常，看样子她和周姨的关系很不一般。唠的内容大部分都是关于给年轻人介绍对象的事，我忙着写稿子，也没有注意听细节。我只听清了她们说的一句话，因为这句话让我感觉很"刺"自己的耳朵："小子没鞋，家穷半截……"我下意识地动了动自己的脚。我今天穿的是哥哥换下的旧皮鞋，鞋面上起着难看的褶皱。我还没有穿过一双属于自己的新皮鞋呢。在我第一次领到工资的时候，母亲说，你去给自己买双好一些的皮鞋吧，相看对象的时候穿。我数着这一百七十八元六角钱，苦笑了一下，没有舍得去买。我心里说我不需要看什么对象了，我早有媳妇了，您连孙子或孙女都有了。

"哈哈……我们不是在说你呢。"周姨笑着说。她们竟看到了我这个不太自然的动作。

我感觉对面的小月也在笑，她也在笑我吗？

我说："写好了，您看看吧，周组长。"

这两个女人一同从沙发上站了起来，走到了我的身边。

"你才用了四十八分钟呀！"周姨边接了稿纸，边看了看手表。

"哇，字写得真漂亮！"四十多岁的女人说，她的表情有些夸张。

"哦，对了，我给你介绍一下，这是你张姨，在修理分公司政工组工作，他爱人是咱运输公司的王副经理。"周姨边低头看稿子的内容边说。

我说："您好张姨。"因为时间紧了些，字有些潦草了。"对了，周组长，您能看清吗？您指点指点不足的地方。"

"能，能看清。不错，稿子写得不错。看稿子你是个'成手'呀，以前还在什么报纸上发过新闻稿件？"

我说："在部队的时候，在《解放军报》和《战士报》上发过几回小稿子。"

"《解放军报》？哇，那可是国家级别的报纸啊！"张姨的表情还是那样夸张，又"哇"了一声，给我的感觉怪怪的。

"嗯，写得真不错，我稍加改动就能送报社发表了。"周姨的表情挺认真的。

"我告诉你小周，雨歌这小伙子可是个人才，你们政工组要是没有位置，我们那儿可缺人呢！"张姨打趣说。但我发现周姨只是笑了笑，笑得很不自然。

"好了，一会儿你们还有会要开，我得走了。雨歌，有时间去我们修理分公司坐坐啊！"张姨说完转身就向门口走去。周姨说我送送你，看样子她有话要对张姨说。

看着她们走出了屋门，小月走到我跟前说："这个张姨啊，成天也没有个正事儿，竟揽些保媒拉纤的活儿。前些天给我介绍了一个小车司机，说是个副处长的儿子。我连看都没有去看，我不想找个开车的司机做丈夫。今天这大雨泡天的她还来做什么呀？

咦？难道是……"小月预言又止，目光复杂地看着我……

我苦笑了一下，心里嘀咕说："你用这种眼神看我做什么？张姨难道还会给我这个穷小子介绍对象不成？"

"你……你处女朋友了吗？"小月有些心神不宁地问我。

"我？我有的，我有对象的。"我微笑着说。

"她是做什么工作的？"她又问，样子挺认真的。

我说："她没有工作，但我非常非常爱她。"

小月轻舒了一口气，仿佛听到了一件让她很放心的事情似的。

第十七章　相遇

　　下午两点钟，在搬运分公司二楼会议室里，我有生以来第一次参加了关于共青团工作的会议。来开会的领导有搬运分公司的党总支书记宋连才和四个中队的党支部书记、团支部书记。他们都热情地相互打着招呼，握着手。我默默地坐在吴书记身边，观察着他们，心里是那样激动，又是那样忐忑不安。会议由陈小月主持，她首先总结了二季度团总支工作，又宣读了三季度团总支工作安排。接着周组长和宋书记都做了重要讲话，对怎样做好分公司的共青团工作，提出了一些要求。我很认真地听着，很认真地记录着。

　　突然，我恍惚听到宋书记大声说："秦雨歌，请你站起来，和大家认识一下。"

　　我的头"嗡"的一下，是在叫我吗？我茫然地看着宋书记。

　　吴书记用手掐了我一把，我激灵一下便站了起来。我没有想到宋书记会在这个场合叫我。对于他的了解，我只是在刚才入场时，吴书记简单给我介绍了一下他的职务，并说这老宋头儿的脾气很古怪，动不动就好训斥人，甚至连他这样老资格的支部书记都不给留情面。又说，好在我来了，帮他把基础资料给完善了许多，让他少了好多批评呢。

我不知所措地站在那里，不知道该说些什么。

吴书记又掐了我一下，低声说："小子，快好好介绍一下你自己呀。"

我一下子清醒过来，也顾不了许多了，大声说："我叫秦雨歌，是一名复员军人。现在在搬运队工作，是一名普通搬运工。"

"好，你回答得很好，像个当过兵的样子。"宋书记说，"这小伙子很有才气，写得一首好字，新闻报道写得也不错哩。"他向众人扬了扬手中的稿纸，那正是我在政工组即兴写的那篇稿子。

在回车间的路上，吴书记说："原打算推荐你年底接我的班，担任队党支部书记，现在看来是不行了。你马上就要去分公司机关工作了。"

我苦笑了一下，说："哪能呢？再说，我刚参加工作几天呀？"

吴书记说："让老宋头儿看中的人不多呀。"

没出三天，吴书记的话果然应验了。

那天早晨一上班，吴书记就通知我去分公司政工组报到了。

进门的时候，我看到周组长正在用拖布拖地，我忙要了过来。我说："我来吧，组长。"

周组长说："叫什么组长呀，以后叫我周阿姨或者周姨就好了，还是小伙子能干呢。"

忙完了室内卫生，周姨就让我坐在我写稿子用过的那张办公桌前，对我说："这个桌子以后就是你的了。"

我用手轻轻抚摩着橘黄色的桌面，就如在梦里一般。

"以后你的工作是宣传干事兼任分公司的团总支书记，性质是以工代干，一般情况下是实习一年。不过，看宋书记的意思，今年年底就很有可能把你转为合同制干部的材料上报到公司干部科去的。"周姨微笑着说，"像你这么快进机关工作的，就是毕业分配来的大学生都很少啊。"

"可，陈小月呢？她为什么没有来上班？"我突然感觉事情有些不对头。小月曾告诉我说，她要做专职的团总支书记，可我明明听周姨说让我兼任团总支书记工作。

"哦，是这样的，咱们的请示公司干部科没有批，宣传干事和团总支书记是一个岗位，不能分开的。"周姨仍然在微笑。

"那陈小月做什么工作？"

"小月调到你们搬运队做核算员去了，虽然那不是干部岗位，但奖金多，也不错呢。"

"她愿意去吗？"我问。

"哦，正常的工作调动，有什么愿意不愿意的。再说，她也不是什么干部，是油田技工学校毕业的学生。"周姨淡淡地说。

我原来一直以为小月是大学生呢。

临近中午，周姨给了我办公室的钥匙，我小心地把钥匙放到了口袋里。

周姨又说："你真是个能干的小伙子。"

我很快就整理好了桌椅和清扫了地面，然后坐在自己的办公桌前。一种既幸福又激动的感觉在我的内心深处荡漾开来。我心想，我一定要好好工作，干出个样子出来，假如有一天找到六姐的话，六姐一定会高兴得落下泪来的，说弟弟你真的很能干！不，应该是你的男人真的很能干呢！只是有些遗憾，遗憾的是在机关工作，只有星期天才会休息。不如在搬运队工作，可以有充足的时间去寻找六姐和孩子。想到这里，我的心情又伤感起来。

六姐到底在哪儿呢？我回来了，难道你不知道你的雨歌已经回来了吗？

在新的环境里，我有些不知所措。我想自己会慢慢适应的。

午饭后，办公室里只剩下我一个人。我坐在自己的办公桌前发呆，之前的那种激动和幸福感已经消失殆尽。不知道为什么，我的脑海里总会闪现出来三个字——"鬼媳妇"。我苦笑着摇了摇头，对自己说，这都什么年代了，怎么还总对"鬼媳妇"这三个字念念不忘呢？我现在接触的人和工作，应该是很多像我这样的年轻人渴望而不可得的，有多少人在羡慕着我？谁会关心那个原来叫鬼火村、现在叫七家村的小地方？谁还会信有"鬼媳妇"的存在？所以我也相信，不，应该是坚信，六姐和孩子真的会在某个地方，在静静地等待着我。

可是，六姐在我离开家时，为何要说等我回来后她才会告诉我什么是"鬼媳妇"呢？那晚的激情让我永远都不会忘记，也正是那晚的激情，让我在心理和生理上承受着双重的痛苦，多少个日日夜夜，我在睡梦中梦到过自己什么都没有穿，与六姐疯狂地拥在一起做那种让我感到羞耻的事情……突然间我又站在了鬼火坟地里，六姐变成了穿白色衣服、头上喷火的鬼媳妇来抓我，然后我就开始拼了命地奔跑……直到我从噩梦中惊醒，满脸的汗水。

然后，我就会躺在炕上，瞪着失神的眼睛看着屋顶发呆到天明。

我哪里会想到，第二天我就真的看到了六姐——看到了让我极度伤心极度痛苦的一幕……

第一天来到分公司政工组，我一口气完成了四篇稿件。当我推着自行车走出运输公司大院时，天色仍然很亮堂——北方的夏季夜幕降临得很晚。我看了看表，还不到晚上六点。我心想，还是快点儿回家吧，把这个消息告诉给爸爸妈妈，告诉爸爸妈妈我有办公桌了。正当我要飞身上车的时候，在门前写着"内有车队，注意安全"的大牌子后面，闪出一个人来，是双眼通红的陈小月！

小月挡在我的自行车前，目光哀怨地注视着我，说："为什么要欺骗我？说！为什么要欺骗我？"

我说："你怎么了小月，我怎么会欺骗你呢？"

"你说你的女朋友没有工作，你很爱她？"

我说："是呀，怎么了？"

"你还在骗我！我都知道了，你的女朋友是第七钻井公司党委书记的女儿欧阳小春！是她爸爸把你安排到政工组的，你来就来呗，为什么还要把我踢出政工组啊？为了能进机关工作，你知道我付出了多少努力吗？呜呜……"她双手掩面，哭了起来。

瞬间，我的脸"腾"地热了起来，难道真的又是春子在帮我？让这个好心的女孩子小月……我的眼前又浮现出小月在风雨中为我送伞时的情景来。

我说："小月，我真的不知道我会间接地伤害到你，真的！但我知道自己应该怎样做的。"

说完我就飞身上车，头也不回地向家奔去。

我曾经很深很深地伤害过一个我喜欢和珍爱的女孩子，那是六姐。所以我不知道下了多少回决心，以后决不会再伤害任何一个女孩子！

回到家里，我一个字都没有向家人说今天去政工组报到的事情，只是心里有些空落落的，为自己已经下了的那个决定而伤感。

第二天早晨一到单位，我就直奔二楼政工组。门开着，周姨早到了，她正在用抹布擦着我的办公桌，这让我很是感动，真想上前去把抹布要过来，让周姨歇息一下。

"呵，来得好早啊！"周姨微笑着说，她是个很有气质的女人，笑起来的样子很好看。

"周姨，"我说，"对不起，周姨。我不想在政工组工作了，我还要回到搬运队去工作，我觉得自己很适合在那里工作……"

"什么？你说什么呢？"周姨皱了皱眉头，疑惑地注视着我，一时间好像没有听懂我的话。

我没有再说话，垂下了头，不敢再看她的眼睛了。

"你……你不想在政工组工作？不想在机关工作？你是这个意思吗？"周姨放下了手中的抹布，走到了我的身边。

"是，是的。周姨，给您添麻烦了。"

"为什么，告诉我为什么？"

"不为什么……"

"是不是因为小月那孩子？她是不是找过你？你不要信她的话，那丫头很'鬼灵'的……"

周姨真的很厉害，一下子指出了我的要害。

"真的不为什么，我只是想自己很适合在基层队工作……"

"唉!"周姨很深地叹了口气,说,"你知道有多少人想进机关来工作吗?咱先不说别的,就是你找对象都会高一个层次的呀……对了,我前天去钻井七公司办事,遇到孙姐了,她还在打听你呢,你应该叫她孙姨的。"

"孙姨?"我愣了下。

"你不认识她?她爱人是七公司的党委书记欧阳呀!"

我今天才知道春子的娘姓孙,看来真的是春子帮我做的工作。突然间我对春子有些反感了,她为什么要这样呢?也不和我打招呼,甚至也不露个面,就在背后操纵着,安排着我的未来……我不想欠她太多,因为我知道自己还不起啊!

"你回去再好好考虑考虑,别这么快就做决定。"

我说:"谢谢您了周姨,我考虑得很清楚了。"

在我走出政工组前,我又瞄了一眼那张曾经让我激动让我自豪且只坐了一天的办公桌。我鼻子一酸,险些落下眼泪。

走回到车间门前,搬运工们三个一伙、五个一群地站在队部的窗前晒着太阳。临近8月中旬的天气,早晨的空气中,夹杂着丝丝寒冷的气息,预示着秋季的来临。

我发现他们都在窃窃私语,不时地回头朝窗子看。

"来视察吗?雨歌大领导!"大嘴朝我不怀好意地喊道。

我没有搭理他,径直走进了队部,进了吴书记办公室。

周队长和吴书记正在一起研究着什么,见我走进来,竟都站了起来,向我迎过来。周队长说:"对了,你小子没事的时候,就勤回来瞧瞧我们。"

吴书记说:"多帮咱搬运队写点儿稿件,争取年底评个先进党支部什么的。"

我并没有注意听他们说话，我的目光一直对着站在一边双手插兜的陈小月，她今天没有穿那件漂亮的白裙子，已经换上了深蓝色的工作服了。

我说："我不去政工组上班了，我回来了。我回咱搬运队，继续做我的搬运工。"

我像是对队长和书记说，又像是对陈小月说。

陈小月双手捂住了脸，奔出了办公室，她为什么要哭呢？

后来我才知道，在她从政工组下来的当天，她刚处的男朋友就和她提出了分手。那小子是个麻醉师，在油田职工医院工作。我不知道大嘴为什么要说小月也是个大学生。后来我才知道，这小子把在机关工作的年轻人都当成了大学生。

周队长和吴书记开始以为我是在和他们开玩笑，等我很认真地告诉他们说自己真的不适合在政工组工作时，周队长和吴书记都说："好小子，有志气。我们欢迎你回来。"我突然不明白他们说这话的含义了，难道陈小月对他们说了我什么？

我说："我要出去转井，我要去工作。"

吴队长沉思了片刻，拿起办公桌上的电话，给分公司领导打了个电话，简要请示了一下关于我的事情，得到了肯定答复后，就转身对我说："你真的想去转井？正好有趟'硬'活儿呢，我给你七个人，你给拿下来！"

"谢谢您，队长！"我说，"我一定不会让您失望的！"

"被誉为'铁人'钻井队的7110钻井队在五十里铺子附近又打了口新井，现在急等着搬家。听天气预报说今明两天会有暴雨，我给你选的队员都是年轻的党、团员，假如要遇到暴雨的话，你们就是青年突击队，放心，如果遇到困难的话，我们会及时增援你们的。"吴书记严肃地说。

为防止暴雨的来临，分公司特别给我们调配了两台三十五吨的吊车和三台抓管机。我带着车队浩浩荡荡地向五十里铺子村方向进发。在穿过谦和县环城公路时，我看着城里那些日渐增多的楼房，心里突然有了一种特殊的情感，让我很兴奋。是的，我的家乡已经变成了一座繁华且美丽的油城了。我从一名祖国的保卫者，变成了祖国的建设者，这是多么值得自豪的一件事啊！忽然，我的眼前又闪现出了那张办公桌，不免心下一沉，有一种说不出来的滋味涌上心头。

当车队下了环城公路，顺着柏油路向野外奔驰的时候，乌云便开始在空中翻滚起来了。身边的司机说看这鬼天气，这趟活儿可有得罪遭了。

果然被他给言中了。

车队刚驶进土路，瓢泼大雨就开始从天而降。我立即叫停了车，指挥车队快速返回到柏油路上去。要不，车队会全部陷到泥泞的土路里。路两旁都是正在疯长的稻子，稻子的穗子已经开始浮黄了。

我和其他搬运工把拖车上的绳套都装到了三台抓管机上去。我们坐着大轱辘、大马力的抓管机，冒着暴雨直奔前方不远的7110钻井队。

道路越来越泥泞了，抓管机摇摇晃晃地前进着，速度很慢。我心里盘算着，7110钻井队是大钻，钻杆、钻铤的数量很多，唯一的办法就是把钻具用钢丝绳套捆结实后，用抓管机和拖拉机向外拖拽到公路附近，然后再用吊车把钻具吊到运输拖挂车上去。这样会很费时间，但是为了保证生产，我们还必须要抓紧时间！这是我第一次带班出来施工作业，没想到就会遇到这样一个大活儿！

2

走了一个多小时的时间，我们才进入7110钻井队驻地。那里的井架和板房昨晚就撤走了，留下的是成堆的钻具，淋在大雨中。路边停着四辆东方红链轨拖拉机。我看到井队的杨副队长正从其中一台拖拉机的车门里探出脑袋朝我们这边观望着，样子很焦急。我没有和他打招呼，立即带领七个小伙子投入到了紧张的工作中。

风雨中，我高喊着："吴书记要求我们成立'青年突击队'，我们作为共产党员、青年团员，在这个时候一定要发挥作用！"索性，我第一个脱去了衣裤，只留了一个裤头，光着脚丫子在狂风暴雨里奔跑着，忙碌着。大家立即也都脱了衣服，好家伙，竟都穿着部队发的那种绿颜色的短裤。

对，我们都是清一色的复员军人！

风雨中，雨水和汗水都在流淌，流淌成了银色的小溪。井场变成了泥塘，我们经历了夏天的最后一场野浴，也迎来了秋天的第一场野浴。我突然感觉心中无比畅快，我继续高喊着："品尝暴雨的滋味，可以锤炼身板儿！"大家都哈哈大笑。

一捆捆的钻具在拖拉机和抓管机的拖拽下，在泥泞的道路上缓慢地前行着。每台拖车的后面都要跟着一个搬运工，防止出现钢丝绳断裂或丢失钻具的情况。下午一点多的时候，我们终于把所有的钻具都运到了路边，并装到拖车上了。我们下一步的工作就是把钻具安全送到前方不远的 7110 钻井队的新驻地，这样我们这次的转井任务就算完成了。

我们的车队奔驰了半个多小时后，再次停在路边，我的心里"咯噔"一下。看着路左侧那已分不清哪里是路哪里是大草甸子的场景，我感到浑身都没了力气，而且肚子也在呱呱叫呢。是啊，这种情形还得卸车往里拖拽啊！再向里面看去，好在井队的新驻地还不算太远。

雨停了，风却没有停的意思，开始更加猛烈地刮了起来。很冷！

我们穿好工作服，又开始拖拽钻具。

杨副队长终于认出我来了。他说："雨歌，真的是你啊！你怎么不来钻井队工作呢？"

我说："在哪儿工作还都不是一样？"

他说："也是，你们搬运工和我们钻工都是很辛苦的工种啊，好好干吧兄弟，以后有机会也提个副队长干干。"

我苦笑了一下，说："莫队长还在你们队吗？"

他说："是，这老莫都干好多年队长了，也该提提了。"

我压着最后一辆拖拉机奔向井队，成捆的钻具有一半淹没在泥水里，顶起一股股稀泥向四周飞溅着。我跟在后面左右移动，观察着钢丝绳的松紧和上下波动的尺度。突然间，我脚下一滑，跌进了道旁的一个深水坑里，立时，我的眼前一黑，耳朵里沙沙作响，双脚酸痛无力。我拼命地用双手撑了一下，站了起来，泥水到了我的腰间，我费了好大劲儿才爬了出来。最后一辆拖拉机在渐渐离我远去，我孤独地站在大草甸子上，从头到脚都是泥水。

我抬头看着仍旧阴郁的天空高喊："雨歌！雨歌！雨歌！其实你今天本应该坐在办公室里的，本应该正写着你喜欢的文字的！雨歌！你后悔你的决定吗？六姐啊！你到底在哪儿呀？难道这一切不是为了你吗？我什么时候才能找到你？"我的泪水很不听我的话，争先恐后地涌出了眼眶。

我一步步地走向井队的驻地。我真的好冷，衣裤都在不停地向下滴落着水珠，每走一步我都在发抖。

我所做的事情哪些是对的？又有哪些是不对的呢？我心中的这个让自己饱受煎熬、饱受痛苦折磨的秘密到什么时候才能倾吐出来？我又会对谁去倾吐呢？什么"鬼媳妇"，什么鬼火坟地，什么鬼火村，人家那里现在叫七家村！所以，那些无聊和无知的想法都统统给我见鬼去吧！雨歌！你还能做什么？为什么总把自己弄得这样痛苦和无奈？你也应该有自己的生活你知道吗？

一辆拖拉机迎面开来，"突突突"停在了我的身边。莫队长从车上跳了下来。

"你怎么造成这个样子了？我听小杨说你来了，我在驻地找不到你，才来这边寻你，你看你这满脸的泥水。快上车！"说着，他把自己身上穿的绿色的军用大衣脱了下来，披到了我的身上，让我温暖了许多。

我的牙齿在打架，什么都说不出来，只是跟跄着爬上了拖拉机。

拖拉机终于行驶进了驻地，我下了车。驻地四周由一圈铁皮板房围拢着，就如一个小村庄一样。

"你在这里等我，我先把拖拉机停到车场去。等我回来后，你跟我到队部去好好洗一洗，换套干净的衣服。"莫队长对我喊道。

我闻到了一股猪肉炖土豆的香气，那香气是从对面不远处的一个比其他板房大一倍的板房里飘出来的。我知道那一定是井队的餐厅。白色的蒸汽正从窗子里和房门里一股股地涌出来，这让我情不自禁地寻着香气向前走了两步，我知道自己真的是饿了。恍然间，我看到一个身影从餐厅的门里走了出来，将一盆水泼到了板房与板房之间的夹空里，一个梳着羊角辫的两三岁样子的小女孩儿站在门前探出头来喊："妈妈，妈妈，滑……别滑倒了呀！"声音奶声奶气的，还不能把话说全。女人说："小思思，你别出来呀，会弄脏鞋子的。"

我整个人都麻了，木了。

那真的是六姐吗？真的是六姐吗？

我使劲儿晃晃自己昏沉沉的头，用手擦了擦眼睛，有泥土被揉进了眼睛里，于是，我的泪水流了出来，似乎想把那泥土给冲刷出来。

是我眼花了吗？

女人在进屋前，回头瞧了我一眼，接着就拉着小女孩儿消失在了蒸汽里。

我确定了，那是我的六姐，不，那是我的妻子，那是我的女儿！

幸福来临得竟如此突然，让我不知所措。

终于，我微笑着向前走去，我的妻子，我的女儿，我来了。

我真的来了，我真的来了。

"爸爸！爸爸！"小女孩又出现在了门前，一双小手把着门框，歪着小脑袋冲我叫着，样子是那样的幸福和快乐。

是在叫我吗？真的是在叫我吗？是的，我就是你的爸爸，你就是我的女儿！

我颤抖地伸出双手，想去拥抱她，拥抱我的女儿！

一个人已经蹲在了门前，将小女孩儿抱了起来。"来，让爸爸亲一下，是不是想爸爸了？"小女孩"嗯"了一声，在莫队长的腮帮子上轻轻亲了一口。

我的手无力地垂了下去。

六姐走了出来，走到莫队长身边，把孩子抱了回去。说："快去洗洗吧，要吃饭了。"声音是那样的轻柔，那样的温和。

六姐眼里只有莫队长吗？她竟没有再看我一眼。

我想高喊：六姐是我啊，我是你的雨歌啊！你为什么要对我这样……可是我的胸口突然之间像被什么东西给堵住了似的，一直堵到了嗓子。但我还是喊出了一句："六姐……"接着我就什么都不知道了。

第十八章　井队

六姐说："这个人怎么突然倒下了？他这是怎么了？他在喊什么？"

莫队长抱起了我，说："快，你快去找人来。他好像是说想歇歇呢，他是搬运队的搬运工，来给咱队转井的……唉，这鬼天气，也真够这帮孩子呛的，他们真的很辛苦……"

六姐放下孩子就跑去找杨副队长。

莫队长摸了摸雨歌的脑门儿说："坏了，这小子在发高烧呢。"

"叔叔发烧了吗？叔叔为什么要发烧呢？"小女孩儿用小手轻轻抚摩着雨歌的脸颊。

"小思思，你不要乱跑，在这里等你妈妈回来！"

莫队长抱起雨歌跑向了拖拉机。

杨副队长驾驶着拖拉机，莫队长边抱着雨歌，边腾出一只手来，举着对讲机喊着话："01！01！我是7110钻井队的老莫，快派一辆吉普车到17区公路旁等待！我这里有个职工昏倒了……在发高烧……"

六姐把孩子抱回了自己住的板房。

"小思思！妈妈告诉你多少次了？不要管你莫大伯叫爸爸，你为什么不听？"不知道为什么，六姐突然感觉怪怪的，心里七上八下的，很不舒服。

是莫大伯让她叫的，大伯说会给她买好多好多玩具，她好喜欢布娃娃呢。小思思心里想着。她发觉妈妈今天对她说话的声音很大，让她有些害怕了。在她的记忆中，妈妈从来都没有像今天这样大声地对她说过话。

"以后再也不许叫了！"六姐的声音更大了。

"哇……"小思思大哭起来。

六姐蹲下身子，抱住了女儿，后背无力地靠在了板房的墙壁上，泪水无声地顺着脸颊滑落了下来。

"我今天这是怎么了？"她对自己说。那日的情景又一次浮现在她的眼前，她永远都不会忘记——

六姐一步步走向陈拐子……

夜色更加朦胧了，有风悄悄吹过，把田地里的玉米叶子吹得沙沙作响。这更加激起了陈拐子的兽性，他猛地撕开了自己的上衣扣子，露出了一片黑乎乎的让人感觉很恶心的胸毛。

"哈哈，把你自己的衣服给我脱了！快点儿！全他妈的给我脱光！"他狞笑着，伸手去解自己的裤腰带。

"你他妈的是聋子啊？你没有听见我说的话吗？"陈拐子把裤子提了起来。

"我要杀了你……"六姐将剪刀直直刺向陈拐子的胸口。

"啊！"陈拐子惊呼了一声，他做梦都不会想到这个小绵羊般的弱女子会跟他来这手。但毕竟他陈拐子是混迹道上多年的老手了，瞬间就反应过来。他只是一侧身就闪过了六姐的剪刀。他手提溜着裤腰带，右手一把掐住六姐的脖子，将六姐狠狠地摔倒在了草地上，六姐被摔得"啊"地惨叫了一声。

"妈的！想捅死老子？我先捅死你吧！"陈拐子死死地压着六姐的身体，狠命地夺过了六姐手中的剪刀，高高地举了起来。六姐绝望地闭上了双眼，突然间她又睁开了，将头扭向放孩子的那块草坪，她想再看一眼孩子……

陈拐子突然改变了主意，扔了剪刀，将手伸向六姐的胸前。"我先弄了你再说吧……"

六姐拼命地挣扎着……

"哇……哇……"婴儿在拼命地啼哭，这哭声在空旷的夜色里，显得是那样的凄凉，听起来让人揪心。

"你他妈的再动我就先踹死你的小崽子！你……你还敢动？你……"不知道六姐哪里来的力气，让陈拐子一时间竟无法得逞。

"我……"陈拐子举起剪刀，指向了孩子哭叫的方向。

六姐终于放弃了抵抗。

陈拐子顺手扔了剪刀，搓了搓手，淫笑着看着六姐，哈喇子一滴滴落在了六姐的脸上、胸脯上……六姐彻底绝望了，她的心仿佛就要停止跳动了似的，脑海里一片空白。她说："雨歌，我的雨歌……你能拉住我的手吗？你的手呢……你的手在哪儿呢？我要死了……我要变成鬼媳妇了……"忽然，她感觉自己的脸上一片灼热，那还是陈拐子的哈喇子吗？同时，她发现陈拐子软软地从自己身上滚了下去。六姐看到了，看到一张扭曲了的脸，那是霞子的面容。霞子的双手举着一块像砖头般大小的石头，石头上沾满了黑红的血液！

"你快抱着你的孩子回家吧……我也要逃了，拐子被我给……砸没砸死我也不知道，他要是不死的话……我也活不了的……"霞子没有说完，就飞快地向火车站方向跑去了。

六姐对着霞子的背影，重重地磕了三个头。然后，抱起孩子，向来时的方向蹒跚地走去了。

陈拐子光着身子，直挺挺地躺在那里。

夜，更加深了。风，更大了，继续吹着路两侧的玉米叶子"哗啦哗啦"地响个不停。六姐的脚步慢下来，显得迟疑了。她不是害怕这黑夜，也不是害怕这风吹玉米叶子的声音，有她的孩子与她做伴她就什么都不害怕了。

我去哪里呢？我能去哪里呢？

去找雨歌？那样会害了我的雨歌的。他是军人啊！

去雨歌家？去找叔叔和婶婶，自己的公公和婆婆？他们会相信我的话吗？会接受和承认我吗？他们一定会把我送回自己家的。那样，我的孩子还会被爸爸给送人的……这是我和雨歌的孩子……

她站住了，抱着孩子站住了。僵立在那里，僵立在荒野上，僵立在漆黑的夜里。她忽然感觉很冷，她仍穿着碎花的小背心，她的外衣正包裹着她的孩子。

一阵"突突突"的机械声音从侧面的岔道上传来，越来越近，两道雪亮的光芒直射过来。

莫光明队长开着拖拉机过来了。

　　井队的厨师病了，很多天没有上班了，最近一段时间井队的钻工们吃饭净对付了，闹得大家都没有心思干活，民以食为天嘛。老莫为了给大家抓好伙食，今晚特意去了趟五十里铺子，买了几只本地小鸡回来，并说他要亲自下厨呢。

　　六姐做的饭很好吃，最拿手的是蒸馒头。那馒头蒸得白白的、大大的，吃起来香香的。钻工们都说队长有眼光，雇了个好"厨师"呢，把原来的那个厨师给气得申请调走了。本来这小子就总装病不愿意来井队上班，莫队长就请示公司，说自己的亲属来帮着做饭，也算家属工。那时候油田允许雇一些家属工来上班。莫队长对六姐说："陆思宇，不，陆嫂子，你就好好在这里干吧，也许赶上机会能转成合同工，合同工和正式工是一样的待遇。"六姐含泪点了点头。她告诉莫队长，她叫陆思宇。

　　老莫总有些魂不守舍的，他很怕看到陆嫂子那张清秀的脸，尤其是她那双总是闪着淡淡忧伤的眼睛。这双眼睛让他有些受不了，甚至和陆嫂子说话的时候，他都会有意无意地躲避她的眼神。有时老莫就问自己，这个女人真的是无依无靠无处安身才会在深夜的野甸子里抱着自己的孩子四处游荡吗？她是那样的年轻、漂亮……他为什么就那样糊里糊涂地把她给带回来了呢？

　　陆嫂子似乎在躲避着什么，又似乎在期待着什么。是否会在某一天，一个陌生的男人冲进驻地，来把她们娘俩儿给接走？这个女人对他来说，是个很难解的谜。

　　是的，他向他的井队和公司都撒了谎，为了这个与他一不相识二不沾亲的女人，他违反了自己的原则。自从老婆永远地离开他后，他把全部的精力都投入到井队的生产建设上去了。井队是他的骄傲，年年被总公司评为金牌钻井队。在他爱人去世后，同事好友给他撮合了几次，但他只是看了看对方就都回绝了。大伙儿问他你老小子到底想找个啥样的呢？老莫说："就是相不中，没感觉！"

难道这次就有感觉了？老莫失眠了，在板房里的铁床上翻来覆去地想心事。

想了大半宿，老莫也没有想明白，他一闭上眼睛脑海里就浮现出那晚第一次看到陆思宇时的情景：夜色中，他以为自己见鬼了，还是一个披头散发的女鬼。但他知道，那不是什么女鬼，女鬼怎么会有那么迷人的眼睛呢？那眼睛实在让他心动。天快亮的时候，老莫才迷迷糊糊地睡去。他做了一个梦……

窗子被敲得"咣咣"直响。

经管员来叫他吃早饭的时候，他正在睡梦中喘息着、傻笑着……

经管员说："队长你的脸怎么通红呢？是不是病了？发烧了？"老莫说："你给我滚一边儿去，你才发烧了呢。"

透过窗子，看着经管员离去的背影，老莫的脸更加红了。

"我这是怎么了？"他摇了摇头对自己说。

老莫在井队搬家前，又去了趟五十里铺子。

他在村子里隐约了解了一些陆嫂子的情况：一个没有结婚的小学老师，生了孩子后，被她的父亲把孩子给送人了……

老莫的心放下了，也放不下。但是，最起码，知道了这个女人的一些情况。他想，她应该不是个坏女人的。

他的井队很快就搬迁到临县境内去打井了，他仍叫六姐郝云清为陆嫂子。

六姐很勤快，除了做饭外，还经常为钻工们清洗被褥和打扫房间，她很快就适应了井队四处奔波的生活。她也暂时把井队当成了自己的家。莫队长发现，井队已经离不开陆嫂子了，或者说是他莫光明越来越离不开陆嫂子了。

钻工们闲暇时，都喜欢到陆嫂子的板房来坐坐，抱一抱一天天长大的小思思，教小思思说话，教得最多的是叫"爸爸"。闹得六姐的脸红一阵白一阵的，后来习惯了，知道大家都没什么恶意，也就一笑了之了。

六姐很喜欢看小思思熟睡的样子，是那样的安静，那样的惹人爱怜。女儿的小脸长得那么像雨歌小时候。她通常都是把女儿的小手放到自己的脸颊上，一坐就是半宿。她不会知道，此刻的窗外，正有一双火热的视线在注视着她。

莫队长尽自己所能，关心照顾着这对母女。刘书记和杨副队长都看在眼里，所有的钻工都看在眼里。六姐的心里什么都清楚。她能做的，只有用自己的双手去劳作，拼命地回报着。她在心里默默地计算着时间，计算着雨歌归来的时间。

"你的手……你该歇歇了，不要什么活都抢着干……他们都有手有脚的，自己不会洗衣服啊？"莫队长看着六姐的手说。那双原本细嫩的小手已显得有些粗糙了，指缝间显露着几条细小的口子。这让老莫很心疼。六姐笑了笑，没有说话，低头继续洗她的衣服。"走，大伯抱你出去转转。"小思思快乐地咯咯笑着，用手揪着莫光明的胡子，揪得老莫哈哈大笑。

夜风很冷，老莫不敢远走，怕把孩子给冻感冒了，只是抱着小思思在驻地的边上转悠着，远处井架上的串灯亮了，钻机的轰鸣声不时传过来，让老莫有些心烦意乱。他刚刚被杨副队长从井架平台上给换回来休息，分开时，杨副队长说："回去多陪陪陆嫂子吧，你们在一起的时间也不短了吧，你也该主动一些了。她又不是你的直近亲属，你怕什么呢？再说，她一个农村的女人，还带了个孩子，嫁给你该是求之不得的事情呢。"

"你看她真的像是个普通的乡村女人吗？"老莫的回答让杨副队长愣了一下。

是啊，一晃儿，又快到年底了，也意味着收队的时间也快来临了。今年的春节，陆嫂子该会答应自己到楼里去住了吧？

去年年底收队的时候，莫队长就邀请六姐到他的家里去住。"两室一厅的楼房很方便的，你来住吧。我只有一个儿子在北京上大学。春节他回来后，我们爷俩儿住一间，你们娘俩儿住一间。"莫队长试探着说。

他看到陆嫂子使劲儿摇了摇头，然后她的眼泪便流了下来。莫队长便说："好好，不去我那儿，但你的住处我给你想办法。"

六姐的泪水是因为莫队长提到"春节"这两个字。她很怕听到这两个字，这让她想起了爸爸、妈妈，还有她的雨歌。

多少次，在寂静的深夜，六姐在漆黑的板房里，睁着失神的眼睛，思念着亲人，思念着雨歌。想着想着便会流泪，泪水落在思思的小脸上，让孩子惊醒了好多回。

时间，为什么过得这样缓慢？

2

马上就到年底了，六姐仍要去住莫队长去年给她们娘俩儿找的那间简易板房，地点位于谦和镇谦和村北侧的油田家属楼附近的板房区。板房区里住的都是刚结婚还没有分到楼房的年轻职工。板房里冬季很暖和，由油田供热公司统一供热。虽然空间小了点儿，但住两口人是没有问题的。老莫还专门把自家的炉具、气罐、小铁床都给运了来。

老莫说："这是队里的一个小青年结婚时要的板房，可这小子嫌弃小，跑回他老爷子的楼里去住了。你们娘俩儿要是不嫌弃，就尽管住，有什么需要就说话。"

六姐说："您的恩情我一定会报答的。"老莫一摆手就走了。他不敢再看六姐那双让他着魔的眼睛了。

六姐看着莫队长的背影想：雨歌，你个坏雨歌，等你回来的，这些人情都要让你来还！然后她的脸就不自觉地红了起来。她昨晚又梦见雨歌回来了。

井队又要收队了。

在收拾东西时，六姐的泪水又落了下来。还有不到三个月的时间，我的雨歌就该回来了。这个春节一定不会让我流泪的。

去年的年三十那晚，六姐搂着女儿哭了半宿。老莫在外面怎么叫门她都没有给开。她听到老莫叹着气走的时候，哭得更伤心了。

后来她听到窗外噼里啪啦的鞭炮声响，竟不哭了。抱着女儿站到了门外，她先是手指着东面对女儿说："思思，那面是你的姥姥、姥爷家。"然后，又指了指南面说："这面是你的爷爷、奶奶家。等来年你爸爸回来，我们就这家待半宿，那家待半宿。你的姥姥、姥爷、爷爷、奶奶一定喜欢你，都会抱你、亲你，不愿意让你走呢。"思思伏在她的肩膀上睡着了。这孩子听惯了钻机的轰鸣声，对鞭炮的炸响声不以为意了。

虽然莫队长说这片板房区可能不久就要搬迁，腾出地儿来盖新楼了，可六姐还是很细心地把板房里收拾得干干净净、利利索索。她的心情是那样的愉快，那样的美好，甚至哼起了很久都没唱过的歌曲来。她还特意去给自己和孩子买了件新衣服。六姐平时非常节俭，把每月井队给她的工资都细心地积攒起来，舍不得买任何东西。思思的很多小衣服都是她用旧的工作服改制的。

今年的冬天一点儿都不冷，还是因为自己的心里很热？六姐一手抱着孩子，一手拎着新买的两件衣服，慢慢走在谦和县的大街上。她依稀记得自己已经好久没有在大街上好好溜达了。也就是去年井队收队后和孩子来板房住的时候，她上了两趟街，但那都是匆匆忙忙地去，匆匆忙忙地归，像做了什么亏心事怕被人发现似的。就是今天，她的头上仍罩着红色的头巾呢，并且将头巾压得很低。她多么想看到自己的亲人，又多么恐惧见到自己的亲人。

元旦刚刚过去，街市上人来人往，车水马龙，处处洋溢着喜庆的气氛。在路过菜市场的时候，六姐想了想，走了进去。她要买点儿韭菜，她记起原来每年年三十妈妈都会包韭菜鸡蛋馅儿的水饺，还在里面放上几块豆腐、几块苹果、几枚硬币，说吃到豆腐的有福分；吃到苹果的聪明；吃到硬币的会挣很多钱……六姐记得自己在家的时候，每次吃到的都是豆腐，把妈妈乐得合不拢嘴，说："我老丫头这么漂亮，长大了，一定会很有福气的呢。"想到妈妈，六姐的心里一酸，不禁看了看怀里的女儿。她自己也是当妈妈的人了。

菜市场的大棚里有些阴冷，那天我母亲穿了件很厚的深蓝色的棉大衣，还戴上了我给哥哥从边城邮寄回来的那顶长毛的棉军帽。母亲就是有点儿冻脚，她边在菜摊后跺脚，边和临摊位的宋大婶唠嗑。宋大婶说："你家老头子都当上派出所所长了，怎么还舍得让你在大过年的出来卖菜？"母亲笑说："我不来，钱不都让你给挣去了？这年节的，正是卖菜挣钱的时候啊。"于是，两人都笑开了。

"是不是攒钱给儿子说媳妇呢？攒多少了？"

母亲说："攒钱也先给老大攒呢。老二不用我操心，到时候找个好的老丈人，什么都不用我们家管哩。"

"对了，你家老二是不是快复员回来了？这小子可真有福气呀，回来就能有工作上班呢。"

"雨歌来信了，说复员时间推迟了，还要等几个月呢。也不说个准时间，还让他爸爸白跑了趟火车站去接他。"

这时候，一个路过抱孩子的女人钉子似的立在了母亲的菜摊前，犹豫了一下，就开始低头挑选蔬菜。

六姐听到了"雨歌"这个名字，也认出了我的母亲。

"雨歌这孩子上次回来我见了一回，这小伙子长得标致着呢。要是有个好工作，那更没得说了，找媳妇也一定错不了。"宋大婶很羡慕。

六姐的心哆嗦了一下，雨歌从部队回来过？

"我家雨歌的工作基本有谱儿了，差不多能到油田去工作呢，都是他的同学小春子在帮忙。小春子他爸爸在油田是个大官呢。"

"呀！这可了不得了，是总来菜摊看你的那个小丫头吧？"

母亲点了点头说："这小丫头对雨歌可好了，还很懂人情世故呢。也不知道雨歌有没有这福分。"

"看那丫头的穿戴，就知道人家肯定有钱。"

"啪！"六姐手里的那捆韭菜掉在了地上。

"你看你这人，你的手有毛病啊？快给捡起来你！要买赶紧买，不买赶紧走，别在这儿傻站着，挡着人家卖货！"宋大婶冲六姐喊道。

"没关系的，她抱着孩子，拿菜也不方便。"母亲说。

小思思瞪着惊恐的眼睛看看宋大婶，又看了看我的母亲。

六姐急匆匆地头也不回地走了。

再不离开这里，她会大声哭出来的！思思不知道为什么在她的怀里哭了起来，哭声很大，很急促。

母亲说："你看你个老宋婆子，她掉的又不是你家摊子上的菜，你喊什么呀你。看把人家孩子吓的，都哭了。这大过年的，多不好啊！"

望着那女人离去的背影，听着婴儿渐渐远去的哭声，母亲的心中不知为什么很难受。

难道这就是来自于亲情与血缘的特有的感知？

第十九章　嫁衣

夜色很浓了，板房里没有开灯，漆黑一片。

"妈妈，饿了……饿……"黑暗中，思思的眼睛很亮。她靠坐在小铁床的角落里，有些害怕了。她很想扑到妈妈怀里去，搂住妈妈的脖子，告诉妈妈她饿了，她害怕了。可是她不敢。她不明白妈妈进门后，为什么要坐在床上，一动不动的，不去给她做饭，也不理睬她。

灯亮了。

思思看到妈妈在穿新衣服，那是件淡红色绣着金花的上衣。

六姐站在靠墙的小桌旁，小桌上立着一块圆镜子。她慢慢移动着身子，看着镜子里自己的脸颊，自己的身体……她用手轻轻抚摸着自己的脸庞……为什么要选这件衣服呢？她依稀记得新娘子穿的就是这颜色的衣服……她要穿这件衣服等着雨歌来接她……她甚至想到了红红的大花轿……

"思思，来，看妈妈好看吗？"她突然转身来问女儿。

"好……看！好看！"思思快乐地回答着，因为她看到妈妈在笑。

"你爸爸不要我们了吗？"

思思愣了一下，她不明白妈妈为什么要问这个问题，但她总听妈妈告诉她说："会有一天，你的爸爸会来接我们走的，接我们去我们自己的家……"

"要……要我们……家……要我们……"思思站起来，走向妈妈。

六姐抱住了女儿，泪水落了下来。雨歌回来过？回来了为什么不来找我们呢？那个叫春子的女孩儿又是谁？不！雨歌还没有回来，他回来后，一定会找到我们的，会来接我们的。他走的时候，是答应过我的！

六姐紧紧咬着牙齿。

阳春三月，凛冽的寒风仍在不停息地吹拂着北方冰冻的黑土地。井队施工作业又要开始了。

接陆嫂子娘俩儿去井队的时候，老莫就发现陆嫂子比年前瘦了许多。老莫说："你这是怎么了？有什么心事吗？还是身体不舒服？"

六姐摇了摇头，那双闪着哀怨神情的眼睛让老莫叹了口气。

老莫从怀里小心地取出一张表格来，说："告诉你件高兴的事，我把你的情况都向公司汇报了。这两年里，你为咱井队做出了很大的贡献，你瞧，把你转成合同制职工的申请批下来了。等填完表格后，你就可以和正式职工一样挣工资了，钱要比你现在挣的多好几倍呢。对了，你还需要一个档案呢。"

老莫把表格递到了六姐手里。

六姐吃惊地看看老莫，又看看表格，目光很是复杂。

老莫为了这件事情费尽了心思，太不容易了。有多少家属工在苦苦等待着这张表格啊！他动用了他所能想到的一切关系，甚至找到了自己的老乡公司党委欧阳书记。欧阳书记说她到底是你什么人啊？难道是你老婆不成？

老莫被逼急了，涨红了脸说："是是是，她就是我老婆！不，马上……马上就是我老婆了！"

"拿结婚证来我看看。要真的是你老婆，凭你老莫的资格，给她转了，谁要敢说个'不'字，我这个做党委书记的都会跟他急呢。"欧阳书记向老莫伸出了手。

老莫说："这不是早晚的事情吗？"

欧阳书记耸了耸肩膀说："那就赶紧给我'办事'，办完了再来找我！"

老莫气急败坏，一摔门走了出去，在走廊里高喊："俺找经理去，看你这老乡的脸往哪儿搁！"

欧阳书记忙开门，对他的背影喊道："黑小子！你……你给我回来吧你……"

在一个阳光明媚的清晨，老莫终于敲开了郝大伯家的房门。他必须拿到六姐郝云清的身份证件才能办理转合同制的手续。

那天中午六姐刚把蒸好的馒头从锅里取出来，老莫就兴高采烈地找她来了。进门就说："陆嫂子，走，快收拾下，换件衣服，跟我走！"

六姐用围裙擦擦手说："去哪儿呀？就要开饭了。"

老莫说："抱上孩子，和我坐车回城里去，找个饭店咱庆祝一下！"

"庆祝什么呀？"六姐笑了。

"去了你就知道了。"老莫拉起六姐的手就往外走，在身边忙活的胖嫂说："你们这一家三口这要去哪儿呀？"

老莫说："你管呢？"然后哈哈大笑起来。他攥着六姐细嫩的小手，心里美着呢。他这是第一次这样大胆地拉陆嫂子的手。

六姐真想抽回自己的手，可不知道为什么，竟没有了力气。那是只粗壮而有力的大手啊！

一辆212吉普车早已停在井队驻地外。老莫驾驶着车子，很快就冲出了凹凸不平的土路，行驶上了平整宽阔的柏油大路，向谦和县城疾驶而去。

饭店里，在摆满菜肴的饭桌旁，老莫的心"怦怦"乱跳，他有一种感觉，这种感觉就如一个年轻人第一次见到别人给他介绍的女朋友一般，那样让他激动和羞涩。他要告诉陆嫂子三件事情：一是告诉她转成合同制职工的申请批下来了，她可以和其他职工一样挣工资分楼房了；二是要告诉她他莫光明要娶她，并告诉她自己是多么多么的喜欢她、爱她，会一辈子照顾她和她的孩子；三是告诉她吃完饭后，就带她去七家村看她的父母，让她和父母团聚。

那天，当老莫把六姐这两年的状况告诉给郝大伯和吴大夫的时候，老两口儿惊得半天才缓过神儿来，继而竟拉着老莫的手大哭起来，非要马上去看看自己的女儿和外孙女。老莫说："好的！我可以带你们去看他们娘俩儿，但要悄悄地看，不要惊动她。现在我还不知道云清妹子是怎样想的，她若是想回来见你们，她早就回来了，她一定是有什么心结没有解开。但我答应你们二老，我会尽快把她带回来看你们的，因为……因为我要娶你们的女儿做我的妻子！"老莫的眼里闪着坚定的光芒，他是铁了心了。

六姐浑然不知，在她忙忙碌碌的一天里，她对面的那个板房中，自己的父亲和母亲正在悄悄地眼巴巴地凝望着她和孩子的一举一动……

在回去的路上，郝大伯和吴大夫的脸上一直挂着笑。

那天，吴大夫特意炒了两个好菜，郝大伯也端起了小酒杯。吴大夫把菜放到小炕桌上说："咱老丫头真的有福呢。"

郝大伯一口喝干了杯子里的酒，深深叹了口气，继而又摇了摇头，老泪纵横。

吴大夫说："你这是做什么啊老头子？"

郝大伯又笑了。

3

"今天到底有什么喜事？还把我们娘俩儿拉到这里来庆祝？"六姐微笑着看着老莫说。小思思在妈妈的怀里伸手去抓盘子里的鸡腿，被六姐用手给挡了回来。

"哦，是这样……先吃饭，来，先吃饭……"老莫把到嘴边的话又咽了回去，他有点儿紧张了。

"妈妈……饿了……"小思思盯着桌子上的菜盘，拍着小手嚷着。

"哈哈……"老莫开心地大笑起来。同时，心情也放松了下来。

"啊！"六姐突然惊恐地大叫了一声，抱着孩子疯了一样冲向了饭店的大门，在街道上奔跑起来……

六姐这突如其来的动作让莫光明不知所措，忙扔下几张钞票追了出去。

斜楞的云青木器加工厂门店就在这家饭店的对过，当时斜楞和陈拐子正一摇三晃地从对面走过来，他们刚谈成一笔大买卖，要来饭店喝酒庆祝一下。六姐只是在不经意间向外看了那么一眼，就认出了这两个让她恐惧到极点的人来……所以她抱起孩子就冲出了饭店……

老莫把六姐和孩子弄上了车，问："怎么了？发生了什么事情？"

六姐两眼发直，嘴里叨咕着："快跑……快跑……孩子……我的孩子……快跑……"

老莫的心里一阵难过，一阵困惑，不明白这到底是怎么了。只好一加油门，向井队的驻地奔去了。

一辆212吉普车在后面悄悄跟着老莫的车子，老莫丝毫没有察觉，他只想知道六姐那直直的眼神是为了什么。

六姐躺在床上，手里还死死地抱着孩子不放，浑身在不停地哆嗦。小思思大哭着。

老莫找来了医生，给六姐打了一针后，医生说："她好像是受到了什么刺激，慢慢恢复两天就好了。胖嫂子用奇怪的眼神看了看老莫。老莫心里一惊，想说"你看我干什么？我什么也没有做啊。"但他什么都没有说。好在，第二天一早，六姐就恢复了很多，能和胖嫂子一起给钻工们做早餐了。只是变得更加沉默寡言了，脸上也很少看到笑容了。就连老莫告诉她转正申请正式批下来时，六姐也只是默然地点了点头，继续洗她的菜，做她的饭。这让老莫很疑惑，一时间竟不知道该怎样向陆嫂子说另两件事情了。

斜楞的吉普车停在距驻地两百多米的地方，从上午一直停到黄昏时分才掉头离去。

陈拐子开着车子，不时用余光瞄着坐在身边的斜楞，他怎么都弄不明白，这丑八怪为什么也对那个女人感兴趣？

当陈拐子认出抱孩子的那个女人的瞬间，他第一个想法就是快速逃跑，可他发现那个女人不但没有向他扑来，反而抱着孩子奔跑，他才收住了要飞出去的脚步。让他更没有想到的是，斜楞竟让他立即发动车，跟上拉走那女人的车子。

斜楞在一根根地吸着香烟，等把两人口袋里的香烟都吸干净的时候，天色已近傍晚时分。斜楞的目光一直都没有离开过那高高井架旁的板房驻地的大门。他希望看到那个让他的心哆嗦的女人，让他控制不了自己情绪的女人。想当年，当他斜楞看了这女人第一眼，他就对自己说：娘的，这女人是上天给俺准备的！虽然他当时牵着毛驴匆匆经过，只看了那个穿着美丽花裙子的女孩儿一眼，当天晚上他就做了一个很可耻的梦，那东西流了一裤衩。然后，他就为这个梦做着准备……还有个原因，这个女孩儿是他痛恨的郝大喇叭的闺女,这更让他感到激动和兴奋:你带人祸害俺娘,让俺娘脖子上挂着破鞋"游街",说俺娘是鬼媳妇,俺就祸害你闺女!等祸害完了,看谁家会娶你家闺女做媳妇?哈哈,到时候,她不嫁给我嫁谁啊?!

天擦黑的时候,他们的车子才回到了城里。

把车停到车库后,斜楞对陈拐子说,去弄些酒菜到铺子里来,我想整几盅。陈拐子说我早就饿了。

梅子把酒菜摆放到木桌上,放好了碗筷就想走,却被陈拐子给拦住了,说:"别走啊,你走谁伺候我们喝酒啊?"斜楞说:"你让她走吧,我今天看到她就闹心。"陈拐子这才闪了身,顺手在梅子的乳房上摸了一把说:"去吧妹子。"斜楞白了一眼陈拐子,没有言语。

梅子狠狠地瞪了他一眼,就匆匆离去了。二癞子在胡同内的小房里正帮她照顾着孩子……

斜楞锁好了门,拉了窗帘,就和陈拐子喝起酒来。两人都说些不痛不痒的话,喝着闷酒,各自想着心事。斜楞在想郝云清,从进监狱到现在,斜楞无时无刻不在想着这个女人。或者用他自己的话说,那是爱,那是一种近乎疯狂的爱!他永远都不会忘记自己趴在这女人身体上撕扯着花裙子,抓着那对像小馒头样的乳房时的感觉,是那样的亢奋,那样的忘我……这种感觉他在梅子身体上是找不到的,哪怕让梅子穿了花裙子、关了灯,他都找不到那种感觉。他知道自己在欺骗自己。现在他有钱了,大小是个厂长,也算有点儿地位了,所以他固执地认为那时候是自己家里穷,所以郝云清才不依他的。有一段时间,他曾疯狂地四处寻找着郝云清，还买了楼房，自己亲手打制了家具，让老娘看着楼房，自己都舍不得进去住。他要找到郝云清，把她娶进门来，和她一起去住……他还在找一个人，就是让郝云清生下孩子的那个男人，他要亲手整死那个男人，那个男人就像一大口恶气浓缩成的黑色固体一般死死堵在他的心里，怎么吐都吐不出来。谁都不许动他的女人！今天，他终于看到郝云清了，也看到郝云清怀里的那个孩子了。当时他的整个身体都在颤抖……

陈拐子在想着怎样把那笔钱财弄到手，然后尽快离开谦和县。尤其今天他意外地看到了那个女人，这种想法就更加急迫了。但是，他却低估了斜楞的智商。

"斜楞兄弟，你咋老对带着孩子的小媳妇感兴趣呢？怎么的，喜欢玩'二锅头'啊？"陈拐子醉眼蒙眬地看着斜楞说。他这话让斜楞一愣神儿，斜楞正在酝酿着一个计划，所以白了他一眼，没有搭理他。

"你知道吗？今天咱俩去追的那个小娘们儿，我早就弄过了，是他妈的挺爽呢！"陈拐子的酒喝高了，开始吹嘘自己的过去。他知道斜楞蹲过监狱，所以，他在斜楞面前，说话是从不忌讳的。何况，他曾经帮着斜楞干了好多违法的事情……没有他陈拐子帮忙，斜楞会弄到那么多的钱？

斜楞开始凝视起天花板了，其实，他是在看陈拐子，他的眼里现出凶残的冷光。陈拐子并没有发现这些，继续说道："兄弟，你要是想弄这小娘们儿，哥哥帮你想办法……找个机会把她从钻井队里给弄出来……然后让你先上，哥哥我后上。完事后我们就做了她，免留后患！"想做掉郝云清这句话是陈拐子的心里话。他知道假如郝云清去公安局告发他的话，不提拐卖人口，他也得是个强奸未遂罪啊！

"嗯，拐子老哥，咱们想到一块儿去了！"斜楞一字一顿地说。

那晚，陈拐子命大，霞子并没有把他砸死。后来，他遇到了斜楞，成了斜楞的助手。

第二十章　愿望

　　我在油田职工医院只住了三天，就急着出院了。

　　我的心里一下子亮堂了许多，难道是找到了六姐的缘故吗？难道是看到了六姐和孩子安然无事的缘故吗？可是，一回想起孩子叫莫队长"爸爸"的那一刻以及六姐在莫队长身边时的情景，我的心里就如结了一个大疙瘩般痛楚！你和孩子真的……六姐啊！你真的不等雨歌、不要雨歌了吗？你知道我为了你都快疯掉了吗？

　　住院期间，搬运队的周队长和吴书记带着很多好吃的来看我。周队长说你小子还真有股子坚韧的劲儿呢！是个爷们儿！吴书记说年底先进个人准报你了！他们临别的时候，把大嘴找来了，让大嘴留下来陪护。我说不用了。我心里挺讨厌大嘴的。可大嘴非得留下，看着他一片热心肠的样子，倒让我感到不好意思了，只好让母亲回家去休息了。大嘴告诉我，陈小月仍在队里做核算员工作，并没有如我想象的那样回政工组去上班。这让我很为陈小月难过。正想着她呢，陈小月竟独自来看我了，还带着一袋子水果。

　　我说："你怎么来了？"小月说："我为什么不能来？难道你不喜欢我来看你吗？"我红了脸，忙说："谢谢！谢谢！"大嘴见了，很知趣地开门出去了。

　　我说："我不知道结果会是这个样子，你还好吗？"

　　陈小月在我的床边坐了下来，笑了笑说："我知道，这都不能怪你，整件事情都和你没有任何关系。其实我也知道自己不适合做那个工作……其实，后来我才晓得，领导早就想把我换掉了，只是碍于我的面子才等到现在……说实话，你才是最佳人选。政工组到现在还没有往里调人呢。听说有很多人都在找关系要去，你快点儿好起来，早点儿回去再争取一下啊！机会总是转瞬即逝的……"

　　我苦笑了一下，摇了摇头。

　　小月轻轻抚摩着我扎着点滴的手背，继续说："你的女朋友真的不是欧阳书记的女儿？"我说："真的不是，我为什么要骗你呢？"

　　小月说："好羡慕你的女朋友。"然后她的眼圈就红了起来。

　　"我该走了，"小月站起身来说，"求你件事情，我只有一个妹妹，没有哥哥。你做我的哥哥吗？"我点了点头。

　　"太好了！等哥哥结婚的时候，一定要告诉妹妹，妹妹去给你接新娘子回来怎么样？"

　　我说："好的，一定告诉你！"

　　大嘴对我说："哥们儿，我今天彻底服了你了！真的，我要是有这样的好事，我决不会像你小子这么傻呢！但我很服你这股傻劲儿！"

　　这小子居然很无耻，一直在门外偷听我和陈小月的谈话。

分公司的党总支书记宋连才也来看我了，并且还带来了一个人——运输公司党委宣传部的许廷部长。他就是在我少时救了六姐后，到学校给我照相的那个记者。他居然也调到油田来工作了。快十年了，他看起来仍是那样的年轻，只是头发少了许多，我想应该是他总写材料的缘故吧。我还向他打听了那个女记者宋雅，才知道宋姨和许廷部长是夫妻，她现在在县电视台工作。

许部长说："小子，我陪公司领导参加你们新工人入厂教育那天，我一下子就在人堆儿里把你给认出来了。你还是小时候那个样子哩！我在老宋那儿全力举荐了你，好歹说服这老顽固把你调到政工组去工作，你却不领情，自己说辞就辞了，你以为单位是咱家开的哪？说咋的就咋的？不过，听老宋说你真的很胜任这份差事呢，好在保住了我这张老脸。"

我的心里"咯噔"一下，我一直以为是春子在帮我，还怨恨过她。哪知道是这么一回事啊！我在心里默默地说：对不起，春子。其实你为我做得够多的了，谢谢你！可是，春子最近一段时间去哪儿了呢？怎么一点儿消息都没有呢？

"小秦子，你呀，真的还是一块做宣传工作的料。政工组的办公桌我还给你留着呢，等你的病好了，立即回来上班。"宋书记说。

我说："不想回政工组工作了，也不想在搬运队干了。我想调转工作，得求许叔叔您帮忙呢。"

"怎么？"许部长用奇怪的眼神瞧了我一眼，"你可别让我为难啊，我的宣传部里现在还多编呢。"

我说："许叔叔我不是那个意思，我更不敢奢望去宣传部工作，我只是想调到第七钻井公司去当一名普通的钻工。"

"什么？当钻工？"他们两个，包括站在一旁的大嘴都大吃一惊。

我的决心已下，我要到7110钻井队去做一名钻工。那样我就能看到六姐，看到孩子！我什么都不管了，什么都不在乎了，只要每天能看到她们娘俩儿就满足了。不管他莫队长怎么想，你老莫没了老婆就要抢我的六姐吗？六姐是我的，我要把六姐和孩子夺回来！

深夜里，躺在病床上，听着大嘴哼哈的呼噜声，我的心里是那样难过，尤其是一想到莫光明这三个字就会愤怒到极点，恨不得立即下床奔到7110钻井队去，拉起六姐抱起孩子就跑回来！

2

第二天一早，当明媚的阳光温暖地照射在病床上的时候，我的想法又有了新的改变：六姐这两年多的日子是怎么过来的呢？她是怎么找到孩子的呢？又是怎么与莫队长在一起的呢？孩子叫老莫"爸爸"，难道他们真的结婚了？那我去钻井队又有什么必要呢？去打扰人家的生活吗？我在慢慢适应着自己新的生活，也在慢慢感受着生活中的一些变化。

但是，我一定要去弄个明白！只要有一点点希望，我也一定去争取！

当许部长和宋书记摇头走出门的时候，我就知道他们都不会帮我这个忙了。大嘴说："你是不是发烧烧迷糊了，满嘴冒胡话！"

出院那天，医生给我开了病假单子，叮嘱我要在家里休养一周后再去上班。

　　走出医院的大门，我把病假单子交给了大嘴，告诉他带回到队里交给队长，然后我就疾步向第七钻井公司办公楼的方向走去。我要去找欧阳书记，让他帮忙把我调到 7110 钻井队去工作。我想他会帮这个忙的，我知道现在要从井队向后线调比登天都难，不过后线要是调往一线井队工作，那是再容易不过的了。

　　党委书记的办公室门紧锁着，欧阳书记不在。我去党委办公室询问，一个秘书样的年轻人仔细打量了我好半天，才说："你是不是叫秦雨歌？"

　　我忙点了点头，心里很纳闷儿，他怎么会认识我呢？

　　"欧阳书记陪女儿去天津看病刚回来，现在在家呢。他走的时候告诉我说，要是有个年轻人来找他，就问问他是不是叫秦雨歌。是的话，就把钥匙交给他。"说着话呢，他就把一串钥匙递到了我手里，"你一直没有来，我就常去帮着书记家打扫卫生。"

　　我拿着钥匙呆了半天才缓过神儿来。春子病了？严重吗？为什么还要欧阳书记陪着去天津看病？我的心里七上八下的，一种不祥的预感侵扰着我的思绪。

　　远远地，我就看到欧阳书记站在家门旁，头上烟雾缭绕，他在吸烟。见我走近了，他将烟头扔到了地上，用脚踩了一下，向我迎了过来。

　　欧阳书记原本红润发亮的脸颊现在显得是那样的惨白和消瘦，眼睛也红红的，似乎是熬了很多的不眠之夜。我的心里一阵发冷，注视着他，想听他说什么，又很怕他说什么。

　　他把两只手拍在我的肩膀上，就那样看着我。"孩子，"他的声音有些沙哑，"你终于来了，有些话我现在要在这里告诉你。"

是欧阳书记有意在门前等我？一定是那个秘书刚才往他家挂了电话。

我点了点头，紧张地看着他，他这样对我让我有些不自然，不觉又想起我和父亲来他家时他和春子娘那不冷不热的态度来。

"其实，我和你婶子看你从小长大，对你是那样了解，那样相信你……小春喜欢你我们都知道。我和你婶子也非常希望你和小春在一起，可……可我们不得不为你着想啊……"

"您……您为什么要这样说……"我吃惊地看着欧阳书记，不明白他话里的意思。

"去年你探家走后，小春就病倒了，也就是在那次患病中被检查出春子得了淋巴性白血病……这孩子，从小就很要强，不让我和你婶子告诉任何人，她更不想让你知道……"

"淋巴性白血病是什么病？"我惊恐地问。难道那是要命的病吗？

"就是血癌……一种无法根治的病……这次从天津化疗是最后一次了……医生说孩子随时都有可能……"

我的头"嗡"的一下，身体扑到欧阳书记的怀里，泪水滴落在欧阳书记宽大的肩膀上……

难道这是真的吗？

春子啊！你知道吗？我时常会想起你那天在我身后抱着我的感觉！你用你的头蹭着我的后背，我到家后才发现衣服被你的泪水湿了一大片……我竟都没有注意到这些……还在固执地躲避着你……你给的电话号码我一直珍藏在我的内衣口袋里，有多少回我走到电话旁又转了回来……还有多少次去五十里铺子转井路过采油七厂的时候，我总会让车子停下来，向厂区里张望上一小会儿，猜测着哪座小楼是地研所的办公楼……我多么希望你突然间会从某个门里走出来，让我悄悄地看你一眼……我只能这样偷偷地想你，我不知道这是不是爱，或者是其他的什么情感。那天你往我家打来电话说你要出差一些天，不让我去地研所去看你……你心里一定很想要我去看你！可我已经有了六姐你知道吗？我已经有了一个女儿你知道吗？我又怎会去看你、去爱你、去喜欢你……

　　我也错怪了欧阳叔叔和春子娘了，我为什么要那么愚蠢地想是他们在瞧不起我呢？

　　欧阳书记知道我会去找他？为什么要把钥匙留给我？

　　"孩子，别哭了。你这一哭我心里更不好受了。一会儿你进门的时候，千万别哭知道吗？那样你婶子会更加受不了的。"

　　我站好身子，擦了擦泪水，点了点头。

　　进门的时候，春子娘正坐在沙发上发呆，头发白了许多。见我进来，她勉强冲我笑了笑，让我的心里又一阵子难过。

　　"春子呢？"我轻声问道。

　　"她刚刚睡去，你先坐一会儿……"春子娘用手指了指楼上，又指了指沙发。

　　我说："婶子，怎么会这样呢？我真的不知道春子会这样，您和叔叔为什么不早告诉我？要是我早知道，我会……"

　　我哽咽了，不想再说下去了，再说下去的话，我想我又要哭了。

　　春子娘用手捂住了嘴巴，没有哭出声来。

　　"孩子，坐下来。"欧阳书记把我按坐在了沙发上，"开始的时候，春子自己也不知道自己的病情。只有我和你婶子知道，我们一直含泪瞒着她……那段时间，我们是那样痛苦和无奈。医生说，这孩子最多也只能坚持一年左右，能活到现在，真的是个奇迹……"

这时我听到楼上传来了几声微弱的咳嗽声，我一下子站了起来。

我一步步走在楼梯上，每走一步我心里都如针扎般痛楚。

春子静静地躺在她那张我曾经坐过的小床上，身上盖着淡蓝色的绣花被子，额头上搭着一条红色的围巾。在窗外涌进来的暖和的阳光的照射下，她的小脸显得更加惨白和消瘦了。我站在床边，看着她熟睡的样子，泪水疯涌出眼眶。

忽然，她皱了皱眉头，表情很痛苦，似乎要醒来，我忙擦干了泪水，向前凑了凑身子。

春子睁开了眼睛，笑了。她笑得很可爱。"你什么时候来的呀？怎么也不叫醒我？"她有些费力地坐起了身子，头上的红围巾滑落了一些，我看到她头上只剩下了几缕稀疏的头发。

"呀……我的围巾……"春子下意识地用手去抓围巾，脸色很慌张。

我坐在了床上，轻轻从她的手中拿过围巾，细心地给她包在头上。说："红红的头巾，嗯，很漂亮呢。"

"真的吗？真的吗？"春子下意识地用手抓了抓头上的红巾。

我说："真像个小新娘子呢。"

"你坏呀！"春子的脸红了起来。

春子的胳膊细细的，瘦得几乎只剩下皮肤和骨头，我不忍心去看，又不得不去看。我咬了咬嘴唇，抓起她的小手，微笑着说：

"小春子，你会好起来的。但是，有一点哥哥很生气呢，为什么不早一些告诉我呢？"

春子说："你呀，你不来我怎么告诉你？也不知道你成天净忙些什么？"

我无言以对。春子其实很想对我说的，那次分别的时候，她那预言又止的样子又浮现在了我的眼前。我怎么这么笨啊！

春子把我的手抬起来，很吃力，我配合着她，让她把我的手贴到她的脸颊上。

"我还没有谈过恋爱呢，我们算吗？"她看着我，因为消瘦的缘故，她的眼睛显得大大的。

"算的，我们只是都在忙着各自的工作，所以见面少了些。"我小声说，原因是心里发虚。

"你……现在还忙吗？"春子垂下了头。

"不忙，我会每天来陪你的，真的，春子。"我有些激动了。

"我真的好想出去走走，可是妈妈不让我出去呢。也是，最近我总感冒，总咳嗽……浑身上下一点儿力气都没有……"春子抬起头来，无奈地看着我。

"想去哪儿？哥哥找时间陪你去好吗？"我想尽自己的全力去完成春子的每一个愿望。突然间，我感觉自己欠春子很多很多……

"真的？"

"真的。"

"我这几天总做梦呢，梦到鬼火村……不，是七家村，我们的学校、白杨树林、土沙丘、大平原上的那些抽油机……你拉着我的手，在草地上快乐地奔跑……这些都是小时候的事情了，不管是在深夜的梦里，还是在白天清醒的时候，我总想起这些，那是我人生中最快乐的一段时光，也是最美好的回忆。虽然离我并不远，我却没有时间回去看看……"春子伤感起来，把我的手放下了。

我强忍着泪水，握着她的手说："是的，我也时常会想起这些，也想回去看看。等你的身体再恢复一些的时候，我们就一起回去看看！对了，我用自己的工资买了一辆新自行车呢。我用自行车驮着你，去看我们的学校、我们的土沙丘、我们的白杨树林……"

"说准了？"

"说准了。"

"其实我早就想让你骑着自行车驮我了呢，坐在车上揽着你的腰，你骑着车子载着我飞奔……一定很快乐呢。"春子的眼里闪现出了亮闪闪的光泽。

可是，春子的这个愿望到底会不会实现？我不敢去想。

"快好起来吧，等你的病好后，我们就结婚……"临别的时候，我很想对春子说这句话，可终究没有说出口来。

第二十一章　吻痕

　　我控制自己不再去想六姐和孩子，那样会让我的心里更加无法承受。就好像自己突然之间要失去很多很多的东西似的，怎样去抓，都抓不住。

　　七天的病假期限即将结束的时候，我郑重地向欧阳书记提出了要调到钻井七公司工作的想法。这想法是为了春子，也是为了六姐和孩子。欧阳书记丝毫没有犹豫，就帮我办理了调转手续。

　　世界上真的会有奇迹出现吗？那天，当我走到春子家门前的时候，看到春子站在门前微笑着等着我的样子，我真的相信了，世界上真的有奇迹呢。

　　春子穿了件鲜红色的羽绒服，戴着那条也是红色的围巾，在冷冷的秋风中，是那样的可爱，那样的鲜艳夺目。欧阳书记和春子娘站在她的身边，脸上挂着微笑，这笑容是那样的幸福……

　　"真的没有想到，春子今天居然能站起来走路了呢。谢谢你了雨歌，是你这些天来照顾的功劳呢。"欧阳书记拍了拍我的肩膀，"走，上车，我们去七家村。春子说是你答应她的，她想去看看她曾经读书的地方。"

我这才注意到不远处停着一辆黑色的轿车，那是欧阳书记的专车。

我说："太好了，欧阳叔叔，你们坐车，我骑自行车跟着，我骑得飞快呢。"

"那怎么行呢？"春子娘有些不高兴了。

"妈妈，是我让他骑的……"春子说。

车子开得并不怎么快，但我还是勉强才能跟上。我看到春子在车里不时地回过头来，透过后车窗向我轻轻地摆手、微笑……

车子驶出城市，下了乡村土路的时候，开得更加缓慢了。我快速超了过去，等在了学校的大门前。

临近中午时分，学校的操场上只有五六个孩子在玩篮球。我说："欧阳叔叔，您看到篮球架子了吗？您还记得这个篮球架子吗？"

欧阳书记说："怎么会不记得，这还是你爸爸当校长的时候，我给找人做的呢。"随后，他叹了口气，回头看了看女儿。

"我要坐你的车。"春子看着我。我点了点头。

春子慢慢走到我身边，手把着自行车座，轻轻地坐在了后车架上。春子娘想帮帮女儿，春子摇了摇头。

我用自行车推着春子小心地绕着操场走着，不时地回头看着春子。我听到春子的呼吸很急促，她的样子是那样疲惫。

"好了，我已经把学校看完了，都记在心里了。我们去看看学校后面的土沙丘和白杨树林吧，还有……抽油机……"春子吃力地说着话，她好像很怕我听不到她的声音，"能骑上车子吗？"

我摇了摇头，尽管我真的很想飞身上车，让春子用小手紧紧揽着我的腰……

我缓慢地推着她，走出了校园，向土沙丘的方向走去。

车子动了一下，我忙回头看，我看到春子的脸色白得吓人，有汗水流淌着。我忙停了下来，欧阳书记把女儿抱了下去。

"爸爸，我……我要雨歌……抱我走走……我想……看看土沙丘……您和妈妈在这儿等我们……一会儿……"春子断断续续地说着。

我扔了自行车，从欧阳书记手里抱过了春子，我的眼睛模糊了，泪水夺眶而出。

我哽咽着说："春子我们这就去看土沙丘，去看白桦林，去看大平原上的抽油机！"

春子轻轻点了点头，伸出两只小手，搂在了我的脖子上，很开心地笑了。

走到土沙丘下，我说："春子，还记得吗？有一次你在一棵歪脖子树下看书，我在你身后大喊一声，把你吓哭了。你追着我四处跑，要打我……"

"记得呢，我还记得你跑得……很快，到底还是没有打到你呢。不行，我今天要……补偿……回来……"春子用力抬起小手在我的脸颊上轻轻拍了一下，她的小手好凉。

"你看，春子，白杨树林到了。"一棵棵高大挺拔的白杨树依然屹立在那里，枝杆粗壮了很多。黄绿相间的叶子在阳光的照射下亮亮的，给人一种别样的感觉。我的脚下飘落着许多的黄叶，踩上去沙沙作响。阵阵冷风吹过，黄色的叶子在我们的身边飘舞着、降落着……

"秋天了，"春子说，"这里的秋天真的……好美，真想下去走走，拾起一片叶子……我就像一片叶子……我的秋天也来临了……"

"春子，你……别这样说……你不会的，不会的……"我哽咽着。

"我真的好想活下去……我不怕……死亡……我怕的是离开爸爸、妈妈和……你……我……不知道死亡……到底是个什么样子……死后会很孤独吗？"

"你不会死的春子，你不会的……你……真的不会死的……我不会让你就这样离开我的……我们还要结婚呢。"我紧紧抱着她，紧紧地，生怕她会突然消失了似的。

"结婚？真想做你的……新娘子……可是，雨歌，我现在好困呢……但我……我真的不想睡去……你吻我一下……好吗？你还……还没有……吻过我……"

我向她的唇边轻轻吻去……

"我要是睡着了，你一定要……要再吻我一下……那样我也许就会……醒过来……"她的眼睛闭上了，永远地闭上了。她的两只小手软软地从我的脖子上滑落下来。

我向她的嘴唇吻去，深深地吻去……

春子没有再醒来。

我抱着春子，跪在铺满落叶的白杨树林里，仰天哭喊着："春子！醒来啊春子！为什么你说话不算数啊春子！我吻了你啊！可是你没有醒来啊！你怎能这样说话不算数呢？你为什么要这样对我？为什么……"我紧紧拥抱着春子的身体，紧紧地……

春子被葬在了土沙丘南面的墓地里，那里不知道从什么时候起，也出现了一片坟地。听春子娘说，这是春子生前的愿望，她很希望自己葬在那里。

在举行葬礼的那天，我没有掉一滴的泪水。

烧头七的那个清晨，天空中灰蒙蒙的，阴得厉害。这天去了好多的人，包括我的父亲和母亲。我母亲在春子的坟前哭得差点昏过去，她是太喜欢小春了。等一些烧纸的程序结束后，我没有跟欧阳叔叔和春子娘他们一起走，我说我要一个人在这里静静坐一会儿。

看着他们渐渐远去的背影，我终于无法再控制自己的情感了，扑到春子的坟上号啕大哭起来，那是积压在我心里不知道有多久的伤痛。过了很久，我的心里才稍稍平静了一些。我对着春子的墓碑说："春子，你知道吗？我今天想好好跟你说，我很迷茫你知道吗？我很痛苦你知道吗？到现在我都不知道什么是爱，什么是恋爱，我到底是否懂得什么是爱，哪些爱是对的，哪些爱是错的！我的爱情究竟在哪儿？我对生活的要求很简单，只想做一个普通的人，有一份普通的感情，可生活为什么要这样对待我？我真的不知道自己该怎么办了，能告诉我吗？春子，能告诉我吗？我到底该怎么办？！"

我靠在春子的墓碑上，整整坐了一天，也整整思考了一天。临近傍晚时分，我才站起身来，走过白杨树林，走过凹凸不平的土路，踏上了柏油马路，向 7110 钻井队的方向大踏步地走去……

不知道走了多久，我听到身后传来刹车的声音，一辆小车停在了我身边。

2002年的夏天之三

清晨的车辆应该比较少，可是今天却有些例外。大客车、面包车、轿车以及出租车都很多。大多都是与我们相同方向的，只有很少的车辆与我们所坐的客车相对而行。车的速度都很快，顺着平坦的柏油马路飞驰着。这样的清晨，这样多的车辆，让我觉得有些眼熟。

妻子许是起得早了，靠在我的肩膀上沉沉地睡去了。我用手抚摸了一下她乌黑的头发，转头向车窗外看去。我又看到了稻田地，那绿油油的稻子依然在疯长着。看着稻田地，我的头有点儿晕。然后我打了个哈欠，又流了些泪水出来，我想，我在这个时候，不应该再想起春子的。每年去给春子上坟，都是我一个人单独去的，站在墓碑前，我总是要流一些泪水的。春子的祭日又快到了，今年，我想带妻子去给春子上坟，妻子对春子的事情一无所知。应该让她知道吗？

到七家村还有一个小时左右的时间。其实去年我曾经回去过一次七家村的，是陪母亲回去的，去参加新近兴起的"三月三"庙会。七家村的那个破庙不知道被谁给重新修建了，立了佛像，改名字叫安生寺了。里面有了住持和一些俗家弟子，听说香火还可以。

那次陪母亲去庙会，倒不是我也相信这些，我主要是想看看那个破庙的变化。妻子也要去的，但是正赶上她的单位忙，要迎接检查，所以没有来。这次她和我来七家村，也是想看看这个安生寺。

其实，一直以来，我对庙会并不熟悉，只是在一些电影里看到过人们赶庙会的样子，所以，我总觉得那都是为了拍电影需要而安排的，在现实生活中是很难看到的。那天我陪母亲赶到庙会的现场后，就被眼前的景象给惊呆了。居然和电影里的场景是那样的相似：到处都是老老少少的人，拥挤在村道上，围拢在一座庙宇的前后。很多人手里还拿着各种香烛，面露虔诚之色。

破庙已变了模样，变成了一座很高大的寺院。鬼火坟地也消失了。那里已经是一大片菜地，种植着各种蔬菜。

母亲说："我有很久没有回这里看看了，这里的变化太大了。听人说，很多人想把七家村改回原来的名字呢，还叫鬼火村……"

我看着安生寺，默默无语。我在想，鬼火坟地为什么被铲平改为了蔬菜地？一定是因为……

我终于想起来了，那次陪母亲来赶庙会，也是这样一个清晨，也是看到了好多的车辆，每辆车都很拥挤。

可是，今天，并不是庙会的时间，却也有这么多的车。

七家村就要到了，我叫醒了妻子。

"你真的想去看看安生寺？"我问她。

第二十二章　走向

过去时之三

　　老莫那天心情一点儿都不好。人说心情不好时，不应该喝酒，但老莫还是喝了。是在葬礼上喝的。后来，欧阳书记哭了，他也跟着哭了。小春子这孩子实在太可怜了，小时候和大人四处奔波，刚到享福的时候，就这样走了，谁不难过？他儿子莫志一个人躲在家里哭了好几天，老莫就明白了，这黑小子是那么喜欢春子！后来，老莫又想起了自己死去多年的老婆，就又落了很多的泪水。

　　帮着欧阳书记忙活了两天后，老莫要回井队了。与欧阳书记临别时，他长叹了一口气，对书记说："我什么都想明白了！不管发生什么事情，我们都要保护好自己的身体，没有一个好的身体，我们还能做什么呢？"

　　欧阳书记说："你放心吧老莫，回去后把自己的事情好好处理一下，记得早点儿把婚事办了。对了，有个叫秦雨歌的复员军人就要调到你们队去了，是个不错的孩子，主动要求去艰苦的地方工作，很难得呀。你帮我好好调教一下他，他是个干部苗子。"

老莫说你放心，我见过这个小子，很能干，给我印象很不错。

老莫喝酒了，所以开车的是井队的司机小楚。老莫知道参加"红白"事情得喝酒，喝酒就不能开车了，便带了小楚来。老莫刚坐上车不一会儿就睡着了，是尿把他给憋醒了。他睁开眼睛向车窗外瞧，想找个隐蔽点儿的地段让小楚停车。他这一瞧，正好看到了我正在大步流星地往前赶……

我说我正要去队里报到呢。

"快上车！小子，这么晚了你还来报到？真有你的！这种工作劲头让我想起了我们当年建矿大会战时的样子！"老莫在路边提裤子，冲我说道。

他说这话让我有点儿不好意思了，他哪会知道我去他井队的用心啊。到了井队，我怎样面对六姐？怎样面对孩子？怎样面对老莫呢？自己来这里真的是明智之举吗？我把头转向了车窗外，看着夜色在缓慢地降临，我突然有了种后悔的感觉，难道我真的不该来？

可是，当车子驶进井队驻地的时候，我和老莫一起听到了一个让我们都感到震惊的消息：

"有两个人开车把陆嫂子给接走了，其中一个男人说他是孩子的爸爸！"

"什么？！"我和老莫都用吃惊的目光看着杨副队长。

"两个人？说是孩子爸爸的人长什么模样？"我问。

杨副队长说："那家伙眼睛有毛病，是个斜楞眼。我想，陆嫂子怎么会认识这样的男人呢？看样子，陆嫂子很怕那个男人，另一个家伙进屋就把孩子给抱起来了。后来，是陆嫂子执意要先把孩子留在这里，她才和他们走的。"

"你……你怎么不留住他们?！"老莫在怒吼，他的脸色通红。

"我是不想让他们带走陆嫂子的，可陆嫂子说没什么事，她一会儿就会回来，况且，孩子还在我们这里呢……"杨副队长也感觉有些不妙了，"他们是开车来的，好像是奔县城方向去了……"

"走了多长时间了?"我克制着自己的情绪。

"大约有一个小时吧。"

"快，我知道他们去哪儿了，莫队长，快！快开车……"我顾不了许多，直奔莫队长的车。

老莫迟疑了一下，但还是跟着我跑了过来。

"你也认识陆嫂子?"老莫的酒全醒了，一边开车一边问我。

我说："她不是什么陆嫂子，她……她曾经是我的老师，她叫郝云清……"

"对对，她是叫郝云清，我调查过她的一些情况。我还把她的父母悄悄接来井队看她，可我没有让她知道……她好像有什么难言之隐。对了，杨副队长说的那个斜楞眼的男人真的是她的男人吗?"

"不是，这个男人在郝老师十六岁那年，因为想强奸郝老师而被判刑……这个男人叫斜楞，是来报复郝老师的……"

"什么?！现在我们去哪儿?"

"市区中心的云青木器加工厂！"

夜色更加暗淡了。

车子像一支出弦的箭，在公路上飞快地奔驰着。

我的手紧紧握着拳头，将牙齿咬得咯咯响。

六姐把食堂的各个角落都打扫干净后，就开始为零点班的钻工准备夜宵。钻工都是三班倒，刚吃过晚饭的钻工都去宿舍睡觉去了，等零点后，再去接班。六姐今天值夜班，负责零点班钻工的伙食。白天她睡了一天的觉，孩子是胖嫂子给带的。等六姐把蔬菜和面都揉好了的时候，天就开始擦黑了。孩子一个人在板房里睡觉，她有点惦记，就想回板房去看看。正在这个时候，杨副队长走进来说："陆嫂子，你家里来人了。"

"我……家里？家里人？"

"是，他们说是你村里的人，正在你的板房里等你呢，你去看看吧。"

"村里？"难道是爸爸妈妈找来了？六姐一阵紧张，一阵难过。她忙出了门，向自己的板房快步走去。

身后的杨副队长想了想，还是跟了过来。

住所区一片朦胧，天色还不算太暗，野外蚊虫又很多。所以，这个时候板房里是很少开灯的。

板房的铁床上，坐着两个人。抱着小思思的那个人是陈拐子。他总是控制不住见到小孩子就想抱走的冲动。

斜楞见门开了，就站了起来。他看着面前的这个女人，不禁咽了口吐沫。

"你认识他们吗?"杨副队长跟了进来。

六姐没有说话,眼睛死死地盯着陈拐子怀抱里的孩子,思思还在香甜地熟睡着,并不知道发生了什么事情。

"她……她是俺老婆,俺找她来了……"斜楞热情地向杨副队长迎了过来,他心里有底,他已经通过一些人了解了六姐在这个井队生活的一些情况。

在斜楞挡住杨副队长视线的瞬间,六姐看到陈拐子做了个要用手掐孩子脖子的手势,同时扭了扭屁股,露出了腰间别的斧头。

六姐的脑海里一片空白。难道我这一生就摆脱不了这两个恶魔了吗?

"这是真的吗?陆嫂子,你认识他们吗?"杨副队长将斜楞扒拉到一边,同时打开了电灯。房间很亮,亮得让斜楞和陈拐子都不由得把头垂下去了一些。

"我……我认识他们……"六姐的声音突然变得平静下来。

"你看……你看看,我就是这个孩子的爸爸。"斜楞用手指了指陈拐子怀里的孩子。

"孩子,你把孩子给我放下。放下我就跟你们走。"六姐仍然很平静地说。

斜楞和陈拐子相互看了看,又都看了看六姐和目光充满疑惑的杨副队长,终于把孩子放到小床上。孩子翻了下身子,又睡熟了。

"等莫队长回来,告诉他,我一会儿就回来。"

望着吉普车渐渐远去,杨副队长有些后悔了,后悔不应该这样草率地让陆嫂子走,要是发生什么意外,该怎么向莫队长交代呢?

3

云青木器加工厂里漆黑一片，门外上着大锁。我立即向胡同里跑去，我要去找二癫子！

二癫子被从房间里拖拽出来的时候，我听到梅子在被窝里发出了一声惊恐的尖叫声。她一定以为是斜楞找来了。

"告诉我，二哥，你告诉我，七家村的那口老水井里的密道出口在哪儿？你还有什么秘密没有告诉我？"我恶狠狠地对着他狂喊。

"什么？怎么了？"二癫子向后倒退着，想往胡同外跑。

"郝老师被斜楞抓走了！你再不和我说实话，我……我就掐死你！"我上前一步用双手将二癫子的脖子掐住，我想我快疯了。

"坟地，鬼火坟地……"

"天哪！"我怎么这么笨！

情急之下，我拎起二癫子，拼命跑出了胡同口。

"快……快去七家村……鬼火坟地……"我将二癫子扔进了车里，冲莫队长喊道。

"啊？好，这个人是谁？我刚才用公用电话报警了，不行……我得再打个电话去……"莫队长打开车门，跳了出去，奔向了路边的食杂店。

我突然想起了父亲！

六姐看起来是那样镇定，镇定得让陈拐子都有些害怕。陈拐子一边开着车，一边透过后视镜拿眼睛瞄着坐在后面的这个女人。这个女人比先前还要漂亮，还要丰满一些。难道她的胆子也变得更大了吗？她怎么没有去公安局告发我呢？还有那个在背后用石头砸他脑袋的臭婊子，也不知道躲藏到哪儿去了，到现在还没有找到她。哼，坏了我的好事，还险些要了我的命，等我找到你，我非……陈拐子转念一想，今天做的这件事情，是不是太冲动了呢？假如真的杀了车上的这个女人，那不全都露馅儿了吗？斜楞这混球真的是没长脑袋啊！怎么能够这样大摇大摆地来井队找人呢？车牌上也没做任何手脚，只要记住了车牌号，斜楞你还想跑吗？你斜楞还想再进监狱？

"我们……回厂子吗？"陈拐子问道，他心里有点儿后悔了。但是转念又一想，就算真的出了什么事情，自己可以一走了之，其他的事情有斜楞扛着，关自己屁事！

"我们……我们先去鬼火坟地，把剩下的'条子'都弄出来再说。"斜楞与六姐一起坐在后座上，从上车到现在，他的眼睛一直没有离开过车的顶部。其实他是在看这个女人。他的手一直抖得厉害，他的心也一直在颤抖。斜楞感觉自己是在梦境中！就是这个女人，就是她，让自己永远都无法忘记的女人，让自己充满希望的女子。现在，这个女子离自己是这样近，近到可以听到她有些急促的呼吸声。斜楞在看她那鼓鼓的胸脯，他的手在颤抖中，慢慢抬起。他的手指头刚触摸到女子的胸，立时，斜楞感觉自己裤裆那物件有了很强烈的反应，硬硬直直地耸立起来了！娘啊，你说得真对啊！我只有娶了她，我才能给咱家传宗接代！

"嘿嘿……嘿嘿……"

斜楞听到陈拐子发出不怀好意的淫笑声，他猛地将手给撤了回来。

斜楞控制住了自己的情绪，他知道自己还有事情没有解决。

六姐想吐，那种呕吐的感觉让她眩晕，让她不能自制。她不想再看眼前这两个让她这辈子生不如死的魔鬼。她认命了！那日在饭店看到这两个男人的时候，她被吓坏了，她以为自己要完了，她的孩子要完了。一直以来，这两个男人就如鬼魅一样，无时无刻不在侵扰着她的生活，有多少个深夜，她在噩梦中惊醒。是的，她曾经想到了去告发陈拐子，尤其是在饭店再次看到陈拐子的那一刻，然而等她清醒了，自己琢磨一会儿，就立即打消了这个念头。为了她的雨歌，她已经苦等了这么长时间了，若是自己去公安局……那一切秘密都会被揭穿！是的，她一直在为雨歌的一切着想，想象着与雨歌见面以后，怎么先安置好她们母女，然后告诉雨歌该怎样去和家里人说，怎样让他们两个人成为真正的夫妻……就是这个想法在支撑着她的生活，甚至于她的生命。

可是，她的雨歌在哪儿呢？雨歌真的把自己和孩子忘记了？雨歌真的不知道自己生下了他的孩子吗？还有那个叫春子的女孩子，是那样漂亮和迷人！为了证实有这个女孩儿的存在，那年冬天，六姐搭莫队长的车，又去了趟市场，悄悄去我母亲的菜摊看，真的看到春子正帮着我母亲在忙活。她回来后哭了一夜。她突然想到了死，她觉得自己这辈子没有了雨歌，就和死了没有什么分别。女儿呢？女儿的模样越来越像雨歌了。哭够了，看到了女儿，六姐又笑了，她对自己说："还没有见到雨歌呢，雨歌还在四处找我们呢，怎么能这样瞎想呢？"

时间一天天悄然过去，也在一点点吞噬着六姐的希望。她的雨歌仍然没有出现。她真的很后悔，没有来得及和莫队长说一声谢谢，就踏上了这条不归的车。

雨歌，我已经对你彻底绝望了。

雨歌，你走时对我说的话，我知道，你说得很不情愿。

雨歌，我知道一切都是我的错，你没有错。我的年龄毕竟比你大很多。

雨歌，对不起，我不应该用那口红棺材里的新娘变成可怕的'鬼媳妇'的传说来吓唬你。也许，你为这个，在一直躲避着我。

雨歌，我真的想再握握你的手，让我感受一下安宁的生活。

雨歌，也许是我错了，我真的错了。

别了，雨歌。希望你以后会记得我这个"姐姐"。

第二十三章 如愿

夜色有些浓了，车子停在破庙前。陈拐子关了引擎。

"云清……云清，你不要害怕，我不会伤害你的……真的，你下车，下车。我要让你看看……看看我为了你，都做了些什么……"斜楞想用手来拽六姐，六姐显得很温顺，搭着他的手下了车。

陈拐子看到斜楞拉着女人的小手，心里有点儿酸酸的。他想了想，冷笑了一声，就摇晃着有些肥胖的身体跟着斜楞和女人向坟地里走去。他在想：等我找到了"条子"后，必须得让我先办这个娘们儿，等我上完了，再让斜楞这个'傻东西'上，等他'刷锅'的时候，我用斧子劈死你们两个，然后拿了那些'条子'走人！

那只牵引着她的手一直在哆嗦。六姐不自觉地用另一只手摸了摸自己的腰间，那里有雨歌送给她的白毛巾，毛巾里裹着她那把剪刀。这把剪刀被六姐磨得非常锋利，不管是工作还是休息，都没有离过她的身。

六姐在找寻时机，她要这两个男人一起陪她上路。她还固执地想，这也是为了雨歌。

斜楞的手一直在哆嗦，他想他的愿望即将要实现了。

一阵凉风从三个人的身边吹了过去，将坟地里的杂树丛吹得"沙啦沙啦"作响。一些不知名的虫子在叫，叫得很难听，让人心烦。

远处，夜空中，划过一道闪电，随后便传来了一声声沉重的闷雷声。

又一阵冷风刮了过来。鬼火坟地深处，传来阵阵荒草叶子相互摩擦发出的"瑟瑟"的声音。

陈拐子放慢了脚步，鬼头鬼脑地用眼睛向四周窥视着。

终于，三个身影停在了鬼火坟地的中间位置，他们的面前，是一座长满杂草的坟。这个坟看上去很普通，坟上还有个人能钻进去的大窟窿，看上去就如一个张开了的大嘴巴，仿佛随时都有可能将人吞进去一般。低矮的坟头许久没有人修整了，没有墓碑，只有一大块半人多高的青石立在坟前。

六姐突然有种想哭的感觉，为自己刚才那种视死如归的情绪感到后悔。她想跑，想快速地离开这个"鬼"地方。可她感觉到自己的双腿已经动弹不得了。她又记起了妈妈曾经给她讲的那个恐怖的传说，关于大红棺材里的红衣新娘——鬼媳妇。这个传说曾让她感到那样恐惧，那样伤感。有的时候，她总在想，自己会不会就是那个传说中的红棺新娘的化身呢？今天被这两个恶魔带到这里来，难道真的是天意吗？

突然之间，关于为什么要跟他们来这里，六姐都有些记不清楚了。她的记忆开始模糊，而后，脑海中竟是一片空白。

"你，抱住青石头，使劲给我往左转。"斜楞低声对陈拐子说。

陈拐子似乎愣了一下神儿，又马上明白了什么似的，用鼻子痛快地"哼"了一声，便上前用双手死死地抱住了青石，向一旁转动。

"吱吱……吱吱吱……"

六姐倒吸了一口凉气，险些惊叫出声来。她看到面前的矮坟仿佛在向一旁移动。同时，她还感觉到斜楞拉她的手抖得更加厉害了。

是的，矮坟的确是在向一旁移动。矮坟移到一半后，出现了一个方方正正的通往地下的入口。陈拐子停了手。他回过头来，示意斜楞快拉女人进去。

冷风更加猛烈了，雷声也在向这边滚来，暴风雨即将来临。

六姐彻底绝望了，她惊恐到了极限，拼命挣开斜楞的手，转身向坟地外跑去。

"救……"她还没有把"命"字给喊出来，就被两个如恶狼般的男人一左一右给捂住嘴巴、按住身体，把她架了起来。

六姐知道自己完了，是她的一时冲动和天真将自己害了。她想起了自己的孩子，想起了雨歌……

六姐感觉到自己的身体在一点点下沉、下沉……她的眼前一片黑暗，她的意识开始模糊了……

从入口下去，是一道道由青石条铺就的台阶，一直向下延伸着。四处弥漫着难闻的腐烂的气味。陈拐子一只手抱着女人的脚，另一只手打着手电走在前面。他正处在亢奋的状态中，钱和女人，

是他人生中的最爱。今天，他都要得到了。从前每次来取金条和
银元，斜楞都让他等在车里，并且让二癞子看着他、守着他。斜
楞自己去坟地里取。然后再让他帮着找买主，倒换成现金，从中
给他一点儿提成。今天，斜楞这傻子居然把藏匿金条的地点就这
样告诉自己了，呵呵……陈拐子好悬没偷笑出声来。继而，他在
心里又开始咒骂斜楞了：你个斜楞眼子，心眼子倒很多！害得老子
我找得好苦啊。在好多个夜黑风高的深夜，陈拐子独自一人带着
把铁锹，在鬼火坟地挨个儿坟掏窟窿，累个半死，吓个半死，却
什么都没有找到。

斜楞很小心地抱着女人的上身，闻着女人身上那种奇异的香
气。这个女人现在好温顺呀，一动都不动。斜楞好想现在就……

前面，台阶消失了，出现一大块方形的空地。空地中央摆放
着一个大箱子。箱子旁是一张木床，床上堆积着一些破旧的麻袋
片子。空地再往前，是个不大的洞口，黑黑的，有潮湿陈腐的气
味从洞口渗透过来。

两人心领神会地把女人放到了床上。六姐似乎清醒过来了，
忽地从床上坐起了身子。陈拐子伸手从腰间抽出了那把锋利的大
斧子，在女人的面前挥舞了一下："老实点儿，不许叫！不许动！
要不我活劈了你！"陈拐子疯狂到了极点，也兴奋到了极点。

斜楞没有理睬陈拐子，只是点着了一旁的火把，然后蹲下身
子，取出钥匙，打开了地中间箱子上的大锁头，用力掀开了箱盖。
这个箱子应该是暗红色的，上面有金色的花纹，是个很陈旧的老
式箱子。

陈拐子的眼睛放射出贪婪的光泽，他看到了，那箱子里堆积着

各种珠宝、首饰和金条。陈拐子走了过来，将斧子扔在一边，伏下身子用双手去抓那箱子里的物件，举在手里，贪婪地端详着……

"砰"的一声，有脑浆和鲜血喷溅到珠宝、金条上……

陈拐子像条死狗一样趴在了箱子上，甚至连哼一声都没来得及，他的脑袋被劈成了两半！

"啊！"一声惨叫，是六姐发出来的。

六姐双手捂住了自己的脑袋。

"云清……不，不不不……六丫头，你别怕……是我，是我……我在给你报仇呢，是他……是他欺负了你，今后，我决不让任何人来欺负你……碰了你的人，我都要让他去死！我都要活劈了他！你……你是我的……我的……我知道你今天会跟我来这里的……"斜楞跪爬着，向六姐扑来。六姐瞪着惊恐的眼神，身子向后靠着、躲闪着……

"你，你别怕……别怕……"斜楞突然从地上跳了起来，转身走回到箱子旁，上去一脚就将陈拐子的尸体踹到了一边。

"你看，六丫头，你看……这些都是你的……你的，只要你以后好好跟我过日子……这些都是你的……是我爷爷留给我的，我全给你……我们一辈子什么都不愁了，你再也不用低三下四地给他们做饭了……"斜楞抓起一把金条和首饰走到六姐的身边，往六姐的怀里塞。

六姐没有看斜楞，只一直愣愣地看着陈拐子的尸体。他……他真的死了吗？

"别怕，等一会儿我们把东西抬……抬出去……我就炸了这地方，我再也不来这地方了……你看，这是导火索，用火把点着咱就跑……"斜楞蹲下身子，真的从床底下拽出了一根导火索，"嘿嘿……我早就在这里准备了炸药，我就是要在这里给你报仇！这死拐子是个逃犯，他失踪了也没有人会来找他的，呵呵……"斜楞边说话边淌着哈喇子，目光时而迷离时而痴呆。"我要你……我受不了了……我现在就要……要你……"他的手触摸到了六姐的胸前，他有些控制不住自己的情绪了。

"我……要抱你，抱着你……"斜楞向前平伸出了两手。

六姐将手摸向自己的腰间，眼睛瞪得好大，直直地注视着斜楞。

"你……六丫头，你知道吗？为了今天的这个日子，我费尽了心机，你要是不从我，我就在这里和你一起去死！我……我都准备好了……你知道吗？我为我们准备了阴间用的房子……是楼房……冰箱……呵呵……这里是鬼火坟地，你该听过那个红衣新娘躺在大红棺材里的传说吧？呵呵呵……呵……死在一起也是可以做夫妻的……"

可是，斜楞低估了这个女人。

"不！"六姐发出了一声极其悲惨的叫声。她拼尽全力向斜楞扑去……

"啊！啊！啊！"斜楞双手就那样平伸着，僵立在那里，发出一声声极为痛楚的哀号。那把剪刀已经深深刺进了他的肚子里。

六姐一跃跳下木床，向进来时的出口跑去。

瞬间，六姐停住了，她看到前面出现了一团蓝色火焰，火焰下一件红色的衣衫在飘荡……

"我不怕你，你只是个传说！我就是你的化身！我来了，我来了，我真的不怕你！"六姐鼓足勇气，向那冒火的鬼影子扑了过去，那鬼影子下意识地闪开了……

"呵呵……呵呵……"斜楞咧着大大的嘴巴，嘴角滴着鲜血，傻笑着，朝着六姐奔跑的方向缓慢移动着双脚，两只手仍是那样平伸着，就如僵尸般可怖。突然，他转回身子，一步步走向火把。血，从他的身上流到地上，染黑了地面。

"你跑不了的，就是死，我们也要死在一起，永远在一起……嘿嘿……我死都不会放过你……我们就是死，也要死在一起，房子、钱，都给你准备好了，我们在阴间举行鬼……鬼婚礼……我们的婚礼会非常热闹，你现在就是我的红衣新娘……我们只有死才会在一起吗？"斜楞的眼角滑落下两滴泪水，他费力地抬起了手，抓住了火把，扑倒在床下，火焰正好落在导火索上，导火索被点燃了，快速地燃烧着、跳跃着，迸出很好看的火花。

床下，堆积着一捆炸药。炸药旁，堆放着很多纸做的楼房、电视、冰箱、牛、马……

斜楞在死去的瞬间，昂起了头，嘴角挂着很怪异的笑容，眼睛向上翻着……

"我的红衣新娘，我没有大红棺材，但我们的鬼婚礼就要开始了，就要开始了……"

其实他在向六姐跑去的方向看，可是，他没有看到他想看到的人，却看到……

那震耳欲聋的爆炸声在漆黑的夜色中传出去很远、很远……

那爆炸后产生的火光映红了夜空，也点亮了附近所有村屯住户的灯光。许多人都向爆炸的方向跑去……

沉闷的雷声似乎也听不到了，风，也停止了，雨也没有落下来。

两辆 212 吉普车是在爆炸后的第一时间赶到的……

现场通过挖掘和整理，发现三具尸骨……

我不知道自己有多少次，在睡梦中，在现实中，想象着与六姐重逢后的情景。但我真的想不到会是在鬼火坟地附近看到她！

那是距鬼火坟地一百米左右的一片草丛旁，六姐扑倒在那里，头发散开着，虽然我看不清她的面容，但我知道她就是我的六姐，就是我日夜思念的六姐！我看到老莫向她直扑过去，我拼命蹿了过去，抢先把六姐抱了起来，我看到六姐的头晃动了一下，身子也在挣扎。"放开我……放开我……"她的声音很微弱。她是被爆炸声震倒的，她不知道是谁在抱着自己。

"是我，是我呀六姐！你睁开眼睛看看我好吗？是我，雨歌！我是雨歌！是你的雨歌！"我的泪水再也止不住了，一滴一滴地落在六姐的脸颊上。

我看到六姐猛地睁开了双眼，只看了一眼，就抬起双手，死死地搂住了我的脖子。她的头紧紧贴在我的胸口上，让我透不过气来。我什么都明白了，六姐还是我的六姐，她没有变！

"医院！快上我的车，送陆嫂子去县医院！"我听到莫队长在我的身边呼喊着。

在病房里，躺在病床上的六姐一直拉着我的手不放，我微笑着坐在她的身边，就那样让她拉着。我希望六姐永远都不要松开我的手，那样我就永远都不会失去她了。我再也承受不了离别的伤痛了，我已经失去了一个挚爱我的女孩子了。

大夫说六姐就是惊吓过度，休息两天就没事了。

郝大伯、吴大夫以及六姐的那些姐姐姐夫都来了，把个病房弄得闹哄哄的。护士就来"请"大伙儿出去。我说我留下来吧。郝大伯和吴大夫也都说，六丫头这个毛病从小就落下了，受了惊吓就不松开雨歌的手，让他留下吧。莫队长说陆嫂子是我们单位的职工，雨歌现在也算是我们队的成员了，留下算是陪护吧。虽然留下一个男职工陪护，有点儿不符合规定，但特殊情况特殊处理吧。

我看得出来，老莫很想自己留下来陪护，然而，他还是回队里了。

夜已经很深了，病房里很寂静。只有我和六姐两个人，我们谁都没有说话，只是静静地注视着对方，一直到天明。那是一个我一辈子都难以忘记的夜晚。

早晨，父亲带着所里的两个警察来找六姐做笔录、了解情况。六姐原本不想放开我的手，后来我说："六姐，你看，这个人是我的父亲，你应该认识呀。你什么都别怕，什么都可以说，我去给你弄吃的，一会儿就回来。"

六姐终于放开了我的手，在我推开病房门的瞬间，我听到了叹气声，这声音太熟悉了，那是我父亲发出来的。父亲为什么要叹气呢？一个可怕的念头在我的脑海里闪现出来……

我去了谦和镇政府，找到了镇政府的通信员小杜。小杜告诉我，在我当兵期间担任镇政府通信员的不是他，现在那个小伙子已经不干了。但小杜又说，一般情况下，邮局都是把各个村的信件发到镇里来，然后再由镇政府转送到所辖的村屯去，有的时候，也由各队来镇政府办事的人给捎带回去。

那么，我在部队写给六姐的那些信件，是不是都被父亲给……或者说，是通信员看到部队的来信，就都送到了派出所去了呢？

这些，都是我自己的猜测和怀疑。但我不会去问父亲这件事情的。

后来父亲只是告诉我说，鬼火坟地的那次爆炸，一共炸死了三个人，死者都为男性。有斜楞、陈拐子，还有个穿着一身红色衣服的长着络腮胡子、眼睛有些斜楞的男人。

那个络腮胡子的男人就是红衣"女鬼"？他是斜楞的父亲！就那样做了自己儿子的陪葬。也是他一直在鬼火坟地里装神弄鬼，看护着自己家的宝藏。

我是在爆炸后的第三天早晨正式到7110钻井队报到的。正式报到的第一天我竟成了7110钻井队的代理党支部书记，那时候有个很好听的名词叫"以工代干"。其实，欧阳书记非要亲自陪我来报到的时候，我就应该想到，一个普通工人调转工作，怎么会由党委书记陪同呢？之前我真的一点儿消息都没有听到。莫队长组织召开了全队职工大会，对我的到来表示热烈的欢迎。欧阳书记还做了重要讲话，首先对7110钻井队这些年来的工作给予了充分的肯定，其次又讲了油田的形势和任务，给大家鼓劲儿，最后就向大家介绍我，说我原来是运输公司搬运分公司政工组的宣传干事兼团总支书记，是因工作需要调转到7110钻井队担任代理党支部书记的，是个很有才气的小伙子，同志们一定要支持我的工作……

欧阳书记的话，让我感到很不好意思。会后，杨副队长握住我的手说："没有想到啊，真的没有想到，我们真的在一起工作了！"

后来我才知道内情，刘书记调走后，原计划是由莫光明改任书记，杨副队长接任队长，并队只缺个副队长。因为我的到来，杨副队长晚了一年担任队长。我只在井队做了一年代理书记，就被调到公司宣传部担任宣传干事去了，转年就被提拔到团委担任副书记的工作岗位，进入了一个崭新的工作环境。

六姐在医院住了两天就出院了，应她自己的要求，被调到县里油田幼儿园做老师去了。

后来，我和六姐结婚了，我的女儿只管我一个人叫爸爸了。我不在乎任何事情，老话说，"女大一，不是妻；女大五，赛老母"。管他呢！重要的是自己是否幸福，别人的幸福，永远是别人的。所以，自己的幸福，也只有自己知道。

为了能与六姐结婚，我也费了一些周折。人世间，有很多事情的成功，都是来之不易的。但我从来就没有后悔过，因为我知道自己会幸福的。

我和六姐结婚那天晚上，我们相拥到天明。我让她给我讲"红棺新娘"的传说。六姐说是个很可怕的故事呢，是听她爷爷讲的，那是在民国期间发生的事情……

"是的，从此那个坟地就叫鬼火坟地了，也就有了红棺新娘的传说以及'鬼媳妇'的那个故事对吧？再后来这个坟地就成了大地主家藏匿宝藏的秘处。所谓那些鬼影子和鬼叫，都是有人故意去装的，目的就是让别人远离那里……"我说。

"嗯，你很聪明。"六姐点了下我的脑门儿。

"我是你老公，不是你的学生。对了，老婆，有一点我不明白呢，现在想对你说，向你请教呢。"

"哪儿不明白？说吧，我给你解释。"六姐信心十足。

"那个吊死的柱子，他的什么东西被人用刀割掉了呢？"我嬉笑着说。

"你……你坏死了你！"

我紧紧把妻子搂在了怀里，亲吻着她……

世界上，没有无缘无故的爱，更没有无缘无故的恨。所以，这个故事并没有结束。让我没有想到的是，每个深夜里，都有一双滴血的眼睛，一直在黑暗中注视着我和六姐的生活……

第二十四章　短信

2002年的夏天之四

客车停在村道边上，我透过车窗向外看去，见通往七家村的村道上走着很多的人，还有一些车辆在人群中缓慢移动。再向远处看，这些人和车子并不是向村子里走，而是拐向了村子的另一头，那是通往安生寺的路。

"你别在车上傻坐着看了，我们到站了。"妻子拉住了我的手，拽我站了起来。我看到车厢里已不再拥挤，很多人都下了车。他们也是去安生寺的？

"我们先去安生寺吧，那里好像有什么事情。"妻子说。

"你真的想去？"我站在路边，注视着妻子，有些迟疑。

妻子没有说话，独自向前走去。

我忙跟着她，快走了几步。

"秦书记，你也来了？这消息传得好快呀！"一辆黑色捷达轿车停在了我和妻子身边，莫志从车窗探出了脑袋。

"消息？什么消息？"我已经从团委书记岗位上转业快三年了，莫志还总喜欢叫我书记。这小子从小就喜欢车，到底买了辆属于自己的车。

"别逗了，这么大的消息你还不知道？上车，上车！到车上我跟你和嫂子说说。"莫志挥了挥他粗壮的大手。

我就招呼妻子一起上了车。

"你和嫂子来这里，也不提早给我打个电话，我这车还空着呢。"莫志小心地开着车子，路上十分拥挤。

"敬老院的何老太太昨天晚上仙逝了，临死前，这老太太要求把自己的遗体安葬在安生寺的菜地里。"莫志说。

"安生寺后面的菜地？那原来不是……"我的心"咯噔"一下。

"原来是什么，我也不太清楚，反正这个老太太很有个性呢。听了解她的人说，这老太太平时生活非常简朴，却把自己所有的钱都捐了出来，捐给敬老院一百多万，捐给福利院五十多万。真是个好人啊。也是的，她无儿无女的，那么大岁数了，留着钱也没啥用。对了，前面那个安生寺也是她出资捐助修建的，好人啊。这不，很多人都来送送她。今早运送过来的，那大红棺材好沉啊，现在都提倡火化，想是这老太太有特殊贡献，是民政部门特批的吧。"

关于这个何老太太的事情，我也在《谦和日报》上看到过一些，但记忆也都不是很深刻，过目就忘了。

车子停在了离安生寺不远的一块空地上，我们三人都下了车。

灵堂设在安生寺后院菜地旁，是用帆布和木棍搭建的，很多人进进出出去悼念。

我们三人按顺序走了进去。

灵堂内有些昏暗，红漆的大棺材端正地摆放在堂内正中位置。灵台上点着蜡烛和香，可惜上面没有照片，我真的想看看这个可敬的老人的模样。忽然，我发现香烛旁放了一部样子很普通的手机。我向灵台深深鞠了三个躬后，就向站在一旁的一位身着谦和县敬老院工作服的中年女人说："同志，您能让我看看这部手机吗？"

"这……您是叫秦雨歌吗？是的话，您就可以看了，老人临终前交代了，这个手机只给一个叫秦雨歌的人看。唉，何奶奶没有给自己买过一件值钱的东西，她只买过这个手机。她还说，等您看完后，就把这个手机一起与她的遗体埋葬……"

我把手机拿在手里，开了机，检查了这个手机的通话记录。这个手机的通话记录很简单，只拨出过一个号码，且拨过很多次。这个号码，就是我家的座机电话！

我把手机放回原位，我想，这个号码以后不会往我家打电话了。

0——何奶奶是斜楞的老妈！

斜楞的老妈，这个让我在童年生活中印象深刻的女人！这个在我年少时对我恨之入骨的女人！没有想到，都过去这么多年了，她居然还是这样对我怀恨在心！她为什么要往我家打电话呢？打电话的时间又都是在午夜的十二点，难道是她知道自己即将要离开这个世界了？在帮助她的儿子对我实施报复？她一定是算计到我会在她死后看到她的手机，并嘱咐工作人员告诉我，这个手机她将带入坟墓，她会在坟墓里给我打电话？让我不得安宁？可是，我做错什么了吗？她又是怎样知道我十八岁那年与六姐之间的那个秘密呢？

还有，当年斜楞娘被挂上旧鞋子"游街"，后来她不肯离开村子，至今我也没有弄清楚是为了谁。或许只是为了坟地里那箱子宝物？

我又把目光转向了灵堂中间的那口红漆大棺材！我回头看了看妻子，一种不祥的预感骤然爬上我的心头。我猛地又抓起那部手机，我刚才忘记了一件事情，一个关键的程序！我忘了查看手机里的信息！那里一定有储存的信息！我打开了手机信息的草稿栏，一行行小字映入我的眼帘：

我对你的恨，你永远都不会知道！我的儿子死去了，他一生都没有娶到媳妇，我死后，要给他带去一个漂亮的媳妇！你应该知道我会把谁带走吧？！我要让你知道什么是生不如死！

我猛地转身向妻子看去，失声叫道："六姐！"这是我和六姐结婚这些年以来，我第一次这样叫她。

六姐吃惊地看着我，不知所措。

我走了过去，紧紧地抱住了她。瞬间，一个恐怖的念头在我的脑海中闪过！我松开双手，拿出自己的手机，拨通了父母家的电话。

"妈，思思呢？思思在你身边吗？快让她接电话！"我的声音很急切。

"思思？她昨天晚上就回你们自己家了！她说这个暑假要陪陪

你和云清……"女儿思思在北京读大学，她所在的那所大学，就是春子读过的那所大学。现在学校放假，她才刚回来几天。

"啊?！昨天晚上?！"我的手机跌落在了地上。

"思思昨天晚上并没有回家啊！！"我声嘶力竭地高喊着。

"红衣新娘！红衣新娘！"我的脑海里翻滚着这四个字，"不会的，不会的，不会的……"我语无伦次地叨咕着，踉跄着扑向那口大棺材。

棺材盖被打开了，我不敢向里面看，又不得不向里面看去，里面赫然躺着两具尸体！青色长袍、白色的发丝遮盖她的面孔……我的头"嗡"的一下，这……这不正是总出现在我噩梦中的那个人吗？她的身旁，直挺挺地躺着一个穿鲜红色嫁衣的女孩子……我凄惨地大叫了一声，昏厥了过去……

2

不知道什么时候，蒙眬中，我渐渐恢复了知觉。我努力睁开眼，我看到了一双含满泪水的眼睛，我抬起双手一下子抓住了女孩儿的肩膀。"思思，我的女儿，是你吗？真的是你吗？难道是我也……我们这是在哪儿？没关系的，你别哭，别怕，有爸爸来保护你！"我看到那泪水滴落下来，落在了我的脸颊上。

"雨歌，咱思思没事的，你放心吧。"又一张脸凑到了我的面前。是我的妻子。

我的意识终于清醒过来了。

二癞子、梅子夫妇来看我了。我辨认了半天才把这小子给认出来，我好久没有看到他了。这小子比以前胖了很多，皮肤也白了很多。

我说："二哥，你个混蛋，为什么不早对我说明白？"看到他，我什么都明白了。

二癞子嘿嘿傻笑了下，说："我哪知道你那么精明呢？居然把手机看得这样详细？再说，我也真不知道这个老妖婆子会老在深更半夜给你家打电话，她居然还会在手机短信上留言！服了她了，真是活到老学到老啊！我告诉你，她儿子和她男人在鬼火坟地被炸死后，她就找到了我，许诺要把云青木器加工厂送给我，但有个条件，就是在她需要帮忙的时候，必须帮她两个忙。工厂先让我经营着，获得的全部收益都归我。不过要等我帮了她的忙以后，再给我办转送手续。我当时想，不要白不要，白要谁不要啊？就满口答应她了。谁知道都过了这么多年了，她居然真的找到我，要我兑现诺言，让我在她死后，给她打一口上好的红漆大棺材。我说好，没有问题。毕竟木器厂是人家的呀。呵呵，这个老妖婆子的第二个条件是让我杀了你的女儿给她陪葬，并要把尸体打扮成新娘的样子同她的遗体一起放到棺材里。我当时心里想，你这老妖精不是在做梦吗？我怎么会做那种伤天害理的事情呢？但我还是违心地答应了她，她还真的守信用，立即给我办了转送手续。她死前对我说，要是我不信守诺言的话，她就每天晚上回来找我。我心想你个老太婆都那么大岁数了，做鬼你也打不过我啊，我怕你？其实说心里话，我还真的有点儿怕她回来找我呢。我就连夜到花圈店找了几个手工高手，又描又画地制作了一个假人放到了老妖婆子的棺材里去了，也算是对得起她了。我呀，就是想做个好事，悄悄把这个事情办妥就得了，所以也没有告诉任何人。"

"爸爸，对不起，那晚同学聚会，晚了就没有回家。"思思抹着眼泪说。

"那也应该给家里打个电话呀！"妻子在生气。

"吃完饭都快半夜了，我怕打扰你们休息呀！"思思感觉很委屈。

"算了，只要全家都好好的，其他的就都无所谓了。"我微笑着从床上坐了起来。我突然觉得生活是那样美好。

"走，"我说，"我们回家去！都到我家去！"

我们一家三口带着二癞子、梅子夫妇走出了医院的大门。我要把他们夫妇俩带到家里去，好好叙叙家常，请他们吃一顿饭。

3

送二癞子、梅子夫妇出家门的时候，已经是傍晚时分了。

虽然忙碌了一整天，昨天还受到了惊吓，但是我没有一丝的疲惫感。反之，我的心里是那样轻松和愉悦。我站在电脑前，有了一种久违了的冲动。我让女儿思思去卧室里陪妻子，并嘱咐她们娘俩儿早点儿休息。我终于在电脑前坐了下来，启动了电脑，开始"噼里啪啦"地敲打键盘，好多好多的记忆就如过电影一般，在我的脑海里跳跃着、呈现着……我如痴如醉地记录着、记录着……全然忘记了时间的流逝。

"当……当……"书房门上的石英钟发出了清脆的报时声响，一共脆响了十二下。那是我设定的时间，它提醒我，我该去休息了。

我起身习惯性地伸起了懒腰，可我的手还没有落下来，身边的座机电话突然"铃铃铃……"地响了起来。

我扭头看了看窗外漆黑的夜色，再抬头看看并在一起的石英钟的指针，一步步走向了座机电话。

"你给我打电话干吗？你不知道现在座机电话上有来电显示吗？嘿嘿……"我笑出了声。

"你笑啥？我是想告诉你，只要咱行得正坐得端，不管电话的铃声啥时候响，咱只管心安理得地接听。"

我微笑着点了点头，轻轻放下话筒，转身走向了卧室。

2023年的夏天

"今儿天气真好，阳光明媚，万里无云，天空中飘着几朵白云。"

"你还作家呢！万里无云？怎么还飘着几朵白云？"

"哈哈……谢谢郝老师的指正！"我笑出了声。

"哈哈……"妻子也笑了。我总喜欢逗妻子笑，因为她笑起来很好看。

我和妻子漫步在幸福公园里，清晨的风迎面吹来，让人备感凉爽。

郝云清从工作岗位上退休快五年了。这么多年来，她多次被学校评为优秀教师，这跟她平时勤勤恳恳地努力工作是分不开的。

她总是说，自己对油田有着一种特殊的情感。她的这种情感只有我明白。但是，对我来说，我的心里总是隐隐作痛。伴随着年龄的增长和阅历的增加，我经常会为自己年轻时的懦弱感到自责。

"时光匆匆，虽然我们的年龄在增长，但是，我们的心也在成熟，也在长大。看，我们的城市多么美丽啊！我们要做的是向前看，向前走！"妻子边说，边抬手指向了远方。

我点了点头，脑海里浮现出妻子第一次给我上美术课时的情景，她用彩色粉笔在黑板上绘出的高楼大厦、白杨树、秀美的山川和鸟儿在溪水上欢歌等场景，都在一一实现着……

那时我的回答是："现在好好学习，长大了用所学到的知识来建设家乡，让每个人天天都能吃上白白的大馒头，住上高楼大厦！"

谦和县早在二十多年前，就因快速发展被划定成了地级市，现在叫谦和市。我儿时居住过的七家村，已经成了经济开发区。开发区内一座座高楼大厦拔地而起，设有影院、购物中心等诸多场所。干净宽敞的马路两边种植了很多我叫不上名字的树木花草，每到春夏季节就会绽放出鲜艳的花朵。开发区还为村民建造了回迁楼，村边的那个大水泡子已经被改造多年，现在的名字叫望村湖，湖边就是我和妻子此时此刻正在散步的幸福公园。

"是啊，我们的城市可真美啊！你说得对，我们需要向前看，向前走，我们是幸福的，我们是快乐的，因为我们也是这座城市的建设者！"

我和妻子手挽手，在清凉的晨风中并肩向前走去……

（本故事纯属虚构，如有雷同，纯属巧合。）